阿 西 莫 夫 太 空 冒 险 小 说
THE COMPLETE ADVENTURES OF LUCKY STARR

水星光能

Lucky Starr and the Big Sun of Mercury

SHUIXING GUANGNENG

[美] 艾萨克·阿西莫夫 著
余有群 译

接力出版社
Publishing House

桂图登字：20-2019-040

图书在版编目（CIP）数据

水星光能 /（美）艾萨克·阿西莫夫著；余有群译．—南宁：接力出版社，2022.1
（阿西莫夫太空冒险小说）
ISBN 978-7-5448-6578-4

Ⅰ．①水⋯ Ⅱ．①艾⋯②余⋯ Ⅲ．①幻想小说–美国–现代 Ⅳ．① I712.45

中国版本图书馆CIP数据核字（2021）第223933号

责任编辑：马 婕 陈 楠 郭 城 美术编辑：许继云 周才琳
责任校对：李姝依 责任监印：刘 冬 版权联络：金贤玲
社长：黄 俭 总编辑：白 冰
出版发行：接力出版社 社址：广西南宁市园湖南路9号 邮编：530022
电话：010-65546561（发行部） 传真：010-65545210（发行部）
http: //www.jielibj.com E-mail: jieli@jielibook.com
经销：新华书店 印制：河北鹏润印刷有限公司
开本：890毫米×1240毫米 1/32 印张：6.5 字数：120千字
版次：2022年1月第1版 印次：2022年1月第1次印刷
定价：39.80元

赠言

给萝宾·琼，不遗余力的妨碍者

作者小传[①]

艾萨克·阿西莫夫1920年出生于苏联[②]，三年后他的父母移居美国。八岁时，他正式成为美国公民。

他在布鲁克林长大，在当地的公立学校接受教育，最终想办法进入哥伦比亚大学求学，并在克服了学校行政处的种种陈规的刁难之后，取得了一系列化学系学位证书，其中最高学历为博士。随后，他偷偷混进波士顿大学，继续攀登学术阶梯，将所有愤怒的议论抛诸脑后，直到发现自己成为生物化学系教授。

他在九岁那年邂逅了人生中第一本科幻杂志，于是在不知不觉中找到了他这一生中的真爱。十一岁，他就已经开始创作科幻小说。十八岁，他终于鼓足勇气投出一稿。嗯，被拒了。

① 这篇小传是阿西莫夫本人于1985年所作。——编者注
② 此处遵从原文 Soviet Union。——编者注

经过整整四个月的痛苦和煎熬，他终于创作出第一部被出版社认可的小说。从那以后，艾萨克就再也没有回过头。

1941 年，他在二十一岁的时候创作出经典短篇科幻小说《日暮》，这使他的前途一片光明。在那之前不久，他就开始创作他的“机器人系列”；之后不久，他就开始了“基地系列”的创作。

再往后，除了不断出版作品，还有什么别的吗？截至今日[①]，他已经出版了超过 260 本书，其著作遍布杜威图书分类系统[②]的每一个主要门类，而且其写作速度迄今为止依然没有减缓的趋势。他始终朝气蓬勃，活力四射，永远令人着迷，每一年都越来越英俊潇洒。你肯定会认同这个观点，因为是他自己写了这篇短文，而他对绝对客观的忠诚是臭名昭著的。

他与精神病专家兼作家珍妮特·杰普森结了婚，而他的前一段婚姻为他留下两个孩子，他们如今住在纽约。

---

① 本篇作者小传为阿西莫夫本人所写，文中的“截至今日”“如今”“迄今为止”等表述是基于作者写作本文时的时间（1985 年）。——编者注

② 也作“杜威十进制图书分类法”，是在全球各地图书馆广泛使用的分类法，将所有学科分为 10 组，每组分配 100 个数字进行图书分类。——编者注

自序一

那是在1951年，双日出版社觉得，基于某个贯穿故事始终的角色，为年轻人写一本科幻小说，对我来说可能是个好主意。他们希望把故事改编成节目，放到电视上播出，这在那个年代还是相当新奇的。当时的人们还不明白，视觉与声音的结合会以可怕的速度毁掉大量的节目。那时候他们依然以为，电视仅仅是广播的延伸，而在广播中最受欢迎的节目仍将持续受欢迎数十年。

这本小说对标的广播节目是《独行侠》。在双日出版社看来，如果创造出一个戴着未来风格面具的“太空游侠”，那这个电视节目就可以无限期地持续播下去，因为不论任何演员由于任何原因退出，都可以由新演员取而代之。戴着面具，谁能分辨得出来这两个人有什么区别？

我有点不大情愿。我怀疑电视会把我写的所有东西都变成垃圾，我可不想让我的名字与此产生任何关联。双日出版社说：“用笔名吧。”于是，我就照做了。刚听说康奈尔·伍尔里奇[①]故意选择了一个国家名作为自己的笔名，变成了“威廉·艾里什[②]”，我想：太好了！就这样，我的笔名变成了保罗·弗伦奇[③]。

然后，我就写了《火星毒素》。然而，在第一本书出版后不久，大家就意识到，上电视是不可能的。我一点儿也不伤心，只是继续写书。我接着写了《行星海盗》，以及《金星阴谋》。

随着时间的推移，只有一件麻烦事。不幸的是，我写完这些书的时候，恰逢天文学家们开始使用雷达、卫星和探测器作为研究行星的方法，结果发现，他们曾经自以为对行星的了解，有很大一部分需要修改。我在写这些书的时候，很自然地接受了20世纪50年代早期的天文知识，而我所设计的情节很快就被新知识的洪流所淹没了。

我无法改变那些情节，一改就等于进行全新的创作。而这些书，除了部分科学内容有些过时，依然算是相当有趣的冒险故事。因此，我所能做的就是指出哪些情节里采纳了如今看来不再正确的科学知识。

---

① 小说家，代表作有《死后》《三点钟》等。——编者注
② 艾里什（Irish），即“爱尔兰”。——编者注
③ 弗伦奇（French），即“法兰西”。——编者注

自《火星毒素》问世以来，我们已经发送探测器掠过火星，后来还将一个探测器放置在环绕火星的轨道上，甚至在1976年将探测器降落在火星地表。我们现在知道火星地表的具体细节了，一如我们看清了月球地貌。近一个世纪以来，一直有个颇为流行的观点（大多数天文学家并不认同），认为火星上有运河，还有一个强大文明的遗迹——我曾利用这个极具戏剧性的可能设计了我的剧情——可探测器表明这些都是错误的。

火星上没有运河。相反，那里存在的是陨石坑、巨大的火山和宽阔的峡谷。大气密度只有地球的百分之一，而且几乎全都是二氧化碳。温度与南极洲差不多，也没有迹象表明，在这个星球上曾经存在任何高等生命体。事实上，这里几乎没有任何生命体存在过的明显迹象。

在读《火星毒素》的时候请牢记这一点。我不希望任何读者被误导，以为我对这个星球的描述符合20世纪80年代的观念；也不希望他们以为我想象不出更好的点子，才非要假设火星上有运河。

《行星海盗》表现得还不错，因为迄今为止还没有什么关于小行星的新发现足以破坏这本书里面的任何剧情。

然而，对《金星阴谋》而言，新的天文发现把我给毁了。这本书出版后没过几年，天文学家们就发现（就连他们自己也大吃一惊），金星比他们想象中的要热得多。金星表面的温度，无论在哪里，都远远高于水的沸点，因此不存在什么金星海洋。

金星灼热的大气密度约是地球大气的九十倍，而且几乎都是二氧化碳，甚至云层中也不是普通的水，而是硫酸溶液。你根本无法想象这是一个怎样的世界，其大小与地球如此相近，在其他方面却存在如此可怕的不同。当你读《金星阴谋》时，只要记住，你所读到的是一个神话中的行星，而非现实中存在的那个。

太糟了，可这是天文学家的错。他们为什么不一开始就不弄错呢？

自序二

写完“阿西莫夫太空冒险小说”六部曲前三本书的时候，我已经非常厌倦保罗·弗伦奇这个笔名，讨厌到完全不忍直视。我记得有个评论家（他早已彻底被人遗忘），所有我写的书他都十分不喜欢，却在一篇评论中称赞了保罗·弗伦奇的一本书。哈哈哈，我回信告诉他，保罗·弗伦奇就是艾萨克·阿西莫夫。

随后，那些发现保罗·弗伦奇就是艾萨克·阿西莫夫的人会这样说：“艾萨克·阿西莫夫是位受人尊敬的生物化学系教授，他不希望被人认出，才用笔名保罗·弗伦奇写科幻小说。”

你们不知道，这让我感到多么愤怒和沮丧。除了“阿西莫夫太空冒险小说”六部曲之外，我所有的科幻小说都是用真名署名的。我以科幻小说为傲，无意用笔名来掩盖自己在这方面的付出。

然而，这样的状况，我无法改变，或者我认为自己无法改变。于是，我又以保罗·弗伦奇这个笔名写完了剩下的三本：《水星光能》《木星实验》和《土星审判》。

但我开始拼命地在后三本小说中展现艾萨克·阿西莫夫的科幻小说风格。那时，所有人都知道我专门研究科幻神秘故事，因此我完全丢弃了“太空骑警”的痕迹，着重强调书中的神秘故事，甚至提到了众所周知只有我才会用的“机器人三定律”。

在“阿西莫夫太空冒险小说”六部曲的最后一本写完后，其他工作的压力迫使我终止了更新。最终，当平装书出版商决定推出他们自己编辑的版本时，我深吸了一口气，说：“除非把我的真名写在书上，我才同意出版。”他们确实做到了。此后，这一系列的许多版本，无论是精装还是平装，出版时都印上了“艾萨克·阿西莫夫以保罗·弗伦奇为笔名之作”。谢天谢地。

我希望自己能轻松处理六部曲中的科学“事实”。不幸的是，在这三本完全写完和出版后，随之而来的科学进步彻底改变了我们对这些行星的认知。

比如，《水星光能》的情节是基于水星始终是同一面朝向太阳这一事实而架构起来的。在长达七十五年的时间里，天文学家们也是如此认为的。然而，在1965年，也就是这本书出版后的第九年，天文学家却发现水星并非一直是同一面向着太阳。事实上，它旋转得很慢，所以每个部分都有白天和夜晚。

所以，读这本书时，请牢记这一点，并假装读的是另一个存在于20世纪50年代的水星。

其次，来说说《木星实验》吧。从1973年起，人类对木星系统进行了诸多探索。探测结果让我们知道，木星被一个巨大而强烈的磁场包围着，磁场内积聚了大量的高能带电粒子。宇宙飞船遇到这些带电粒子时，飞船上的人很难甚至不可能不被杀死。

更重要的是，我们还知悉了以前不知道的一些关于卫星的细节。例如，木卫一是个活火山星球，火山不断喷发，硫黄遍布整个星球；木卫二上覆盖着冰川，（也许）下面是个液态海洋；木星还有其他的小卫星，比木卫五离木星更近。但在20世纪50年代，这些我根本猜想不到。

相比之下，《土星审判》中的一些科学事实在一定程度上幸存了下来。但20世纪70年代末和80年代初的探测结果显示，土星环由成千上万个环构成，非常复杂。此外，土星环里还有一些小卫星，但天文学家从未在遥远的地球上看到过。如果把这些都写进书里，再描述土卫一上那个几乎摧毁了整个卫星的巨大的陨石坑是因碰撞而形成的，将会非常有趣。但那时——除非纯粹碰运气——我完全无法猜到这些科学进展。

无论如何，我相信你们会喜欢这些故事，只要体谅它们是写于20世纪50年代，基于当时的天文知识。

THE COMPLETE ADVENTURES OF LUCKY STARR

1 太阳的幽灵 001

2 发疯还是正常？ 013

3 死神等在房中 025

4 在宴会上 035

5 危险所在的方向 047

6 准备工作 059

7 水星上的矿井 071

8 矿井里的敌人 083

目 录

9 黑暗与光明 093

10 向阳面 103

11 破坏者! 115

12 决斗前夕 127

13 决斗结果 139

14 审判前夕 151

15 审判 163

16 审判结果 175

1

太阳的幽灵

大卫·斯塔尔和他身形矮小的朋友大块头约翰·琼斯跟在年轻的工程师斯科特·明德斯身后，爬上通往水星地表气闸室的斜坡。

大卫心想：至少，一切都在快速瓦解。

他来到水星才一个小时，除了看着自己的飞船“流星斯塔尔号”安全停放到地下飞船库外，几乎没时间做别的事情。他只遇到了那些帮忙处理红色着陆绳索和照料飞船的技术人员。

斯科特·明德斯就是其中一员，他是负责“光明计划”的工程师。这个年轻人仿佛一直在等待时机，一遇到大卫他们，就立即提议去水星表面走一走。

他解释说是去看看风景。

当然，大卫可不相信他的解释。工程师那张长着尖下巴的脸此时露出难色，说话的时候，他的嘴角抽动着，双眼躲闪着大卫冷静、直视的目光。

然而，大卫还是同意了他的提议。据大卫所知，迄今为止，水星上的种种麻烦令科学理事会感到棘手。所以，他想看看明德斯到底要带自己去哪里。

而大块头琼斯，无论在何时何地，无论出于什么原因，甚至不问缘由地始终跟随着大卫。

可他们三个在穿航天服的时候，大块头琼斯皱了皱眉。他盯着明德斯航天服上的手枪皮套，不易察觉地点了点头。

大卫平静地点头回应。他也留意到，从枪套里伸出来的是一把大口径爆能枪的枪柄。

那名年轻的工程师最先踏上水星的地面，大卫紧随其后，大块头走在最后。

瞬间，在近乎一片漆黑中，他们彼此失去了联系，只能看见那些星星，它们在寒冷、没有空气的环境里明亮又醒目地闪烁。

大块头最先适应黑暗。水星表面的重力和他的原生星球——火星表面的重力几乎一样。另外，火星的夜晚几乎和这里一样漆黑，夜空中的群星也几乎一样明亮。

他的声音从别人的接收器中传出，音量被放大了三倍，非常清晰。“嘿，我要去搞清楚是怎么回事。”

大卫也想弄明白，他对眼前的一切迷惑不解。显然，星光不可能如此明亮。一层昏暗发光的薄雾笼罩着表面光滑，其实已经碎裂的地表，使嶙峋的岩石碎块泛着微弱、朦胧的乳白色。

大卫曾在月球待过两周，夜晚时分看到过这样的景象。月球上也是一片荒芜，表层粗糙碎裂。即使再过数百万年，无论是在月球上还是在水星上，柔软可触的风和雨也绝不可能出现。裸露的岩石比想象中还冰冷，躺在没有霜和水的世界里。

月球上的夜晚，也有这样的乳白色光晕，但至少超过半个月球看到的都是地球的反光。从月球上看地球时，地球的亮度是从地球上看到满月的亮度的十六倍。

他们现在到了水星北极的太阳天文台，附近没有行星会发出这些光亮。

“是星光吗？”虽然知道不是，他还是问了一句。

斯科特·明德斯疲倦地说：“是日冕的微光。”

“了不起的银河系！”大卫轻轻一笑，“日冕！当然是！我早该知道！”

“知道什么？”大块头大喊，“怎么回事？嘿，明德斯，快说！”

明德斯说：“转身吧，你们现在是背对着它的。”

他们都转过身。大卫轻轻吹着口哨，大块头惊奇地叫喊起来，明德斯却沉默不语。

地平线的一部分与天空中一个珍珠般明亮的区域形成鲜明对比。那段地平线每个不规则突出的尖端都非常清晰。上方的天空在距离最高点三分之一的地方发出柔和的光亮（亮度随高度的增加而减弱）。这一束光亮由明亮、弯曲的白色流光带组成。

“琼斯先生，那就是日冕。”明德斯说。

即使无比惊讶，大块头也不忘维护自己的身高。“叫我大块头！”他咆哮了一句，然后接着说，“你是说太阳周围的日冕？我没想到它这么大。”

“大约有一百万英里[①]深，甚至更深。”明德斯说，“我们所在的水星是距离太阳最近的行星。你来自火星，是吧？”

“我在那儿出生长大。”大块头回答。

“那如果你现在能看到太阳光，就会发现，它的亮度是从火星上看到的三十六倍。日冕也是如此，是从火星上看的三十六倍亮。”

大卫点了点头。在这里看太阳和日冕是从地球上看到的九倍大，但在地球上很难看到日冕，除非在日全食期间。

明德斯也没有完全撒谎，水星上还是有风景可看的。他试

① 1英里约合1.6公里。——本书脚注如无特别说明，均为编者注

着在脑中补全日冕景象，想象着被它包围着的太阳，此刻隐藏在地平线后面，肯定是幅壮丽的画面。

明德斯的声音中透着明显的苦涩，继续讲下去："他们称之为'太阳的白色幽灵'。"

大卫说："我喜欢，这个名字很不错。"

"很不错？"明德斯蛮横地反驳，"我不觉得。这个星球上与幽灵有关的传说太多了，但全都与厄运有关，事事不顺。比如矿井倒闭……"他的声音逐渐减弱。

大卫心想：我们要让他的情绪爆发出来。

他大声地问："明德斯，我们去哪里可以看到这种现象？"

"哦，对啊。我们得再往前走一点儿，虽然不远，但考虑到重力因素，还是要小心迈步。这里没有路，而且日冕的微光会让人看不清楚状况，建议你们打开头盔灯。"

说着，明德斯就打开了自己的头盔灯，一道光从面板上方射出，照得粗糙的地面黄黑交错。剩下的两个人也开了灯，他们三个人穿着厚厚的绝缘靴往前走去。在真空中，他们发不出任何声音，但都能感觉到自己每踩下一步时航天服里空气的轻微震动。

明德斯似乎在边走边思索着与这颗行星有关的事。他的声音又小又紧张："我讨厌水星。我在这里待了六个月了，也就是两个水星年头，对它厌恶至极。起初，我以为自己不到六个月就能完成来这里的任务，可时光流逝，我却一事无成，还事事不顺。它是最小的、距太阳最近的行星，只有一面对着太阳。”他的一条手臂挥向日冕微光的方向，“这就是向阳的那面，到处都被太阳晒得灼热，足以熔化铅，煮沸硫黄。另一个方向——”他又挥了一下那条手臂，“就是整个太阳系里永远都背对太阳的那面。在那一面，事事都令人不快。”

他打住了，跳过一个六英尺[①]宽的地缝，那是亿万年前水星发生的一次地震留下的痕迹，没有风雨滋养，于是始终无法愈合。他跳跃的动作很笨拙，就像一个虽然身处水星，却习惯了天文台的人工重力环境的地球人那样。

大块头看到这一幕，不以为意地咂了咂嘴。他和大卫只是跨了一大步，就顺利跳了过去。

往前又走了四百米后，明德斯突然说：“就是这里，只要时机凑巧，我们就可以看到。”

他停了下来，但身体往前摇晃，所以展开双臂保持平衡。大块头和大卫跳了一小步，停了下来，踢起几块碎石。

明德斯关掉头盔灯，指向一个方向。大卫和大块头也关掉了头盔灯，顺着明德斯所指的方向看去，一个不规则的白色斑点在黑暗中出现。

---

① 1 英尺约合 0.3 米。

那个斑点十分明亮，大卫从未在地球上见过如此炽烈的阳光。

“这里是观测的最佳位置。”明德斯说，“那是黑白大山的山顶。”

“这就是它的名字？”大块头问。

“没错。你知道原因，不是吗？夜间，它离晨昏线很远，晨昏线是背阴面和向阳面的分界线……”

“我知道。”大块头很愤怒，“你以为我是白痴啊？”

“我只是解释一下。北极附近的这个地方，当水星绕着太阳转动时，晨昏线也移动不了多少；另一处类似的地方是在南极附近。同时，赤道附近的晨昏线在四十四天内向着一个方向移动七百英里，在接下来的四十四天又往回移动七百英里。而在这个地方，晨昏线总共只移动半英里左右，太阳和群星都相对静止不动，所以才成为建造天文台的绝佳位置。”

“尽管如此，黑白大山还是离晨昏线有点远，以至于最多只有上半部分被照亮。等太阳降落时，阳光就朝着山坡移动。”

“可现在，”大卫插了一句，“只有山顶被照亮了。”

“只有最上面的一两英尺被照亮了，不久后就会沦为一片漆黑，一个或两个地球日后光照又会再回来。”

他正说着，那个白色的斑点就缩成一个小点，亮得像颗灿烂的星星。

他们三个人等待着。

“往别处看看，”明德斯提议，“好让双眼适应黑暗。”

漫长的几分钟过后，他说：“好了，看回来吧。”

大卫和大块头照做了，但在那一瞬间却什么也看不见了。

再之后，那座大山仿佛变成了血红色，至少一部分变红了。一开始，他们只能看到一片红色，随后能清晰地辨认出崎岖的山脉，山顶也逐渐清晰起来。山顶现在变成了亮红色，随着眼睛往下看去，红色也逐渐减退，最后变成一片漆黑。

“那是什么？”大块头问。

“太阳。”明德斯说，“现在它已经落得很低，所以从山顶看过去，留在地平线以上的部分就是日冕和日珥。日珥是围绕在距太阳表层数千米高空处的一圈火红色的氢气层，颜色始终不变，但被普通的太阳光掩盖了。”

大卫又点了点头。在地球上，日冕也只有在满月时才能看到，或是大气条件允许时用特殊仪器才能观测到。

“事实上，”明德斯低声补充，“人们称之为‘太阳的红色幽灵’。”

“有两个幽灵！”大卫突然说，“一个是白色，一个是红色。就是因为这些幽灵，你才携带了爆能枪，对吧？”

“什么？”明德斯大喊一声，然后野蛮地问，“你是什么意思？”

“我是说，”大卫回答，“你带我们来这里，并不是为了看风景，现在该告诉我们真实的原因了。我敢肯定你另有目的，否则你也不会携带爆能枪来这个空旷荒凉的星球了。”

过了一会儿，明德斯才回答。他一开口就问：“你是大卫·斯塔尔，对吧？”

“没错。”大卫耐心地回应。

“你是科学理事会的一名成员，人称‘小福星[①]’。”

科学理事会的成员都讨厌被曝光，所以大卫很不情愿地说：“是的。”

“那我就没说错。你是一位杰出的调查员，来这里是为了调查光明计划。”

大卫双唇紧闭，抿成了一条线。他不想这么容易就被掏了底。他说：“可能是，也可能不是。为什么带我来这儿？”

“我知道是真的，我带你来这里……”明德斯呼吸急促，“是要抢在别人告诉你之前——他们只有满嘴谎言——告诉你真相。”

“什么真相？”

“与一直困扰我们的种种失败有关……我讨厌那个词……光明计划中的那些失败。”

---

① “小福星”（Lucky）是大卫的昵称。

“但你也可以回到天文台后再告诉我，为什么要带我来这里呢？”

“有两个原因。”这位工程师的呼吸变得更急促、困难，“首先，他们都认为是我的错，觉得我不能完成这个项目，纯粹是在浪费税款。你明白了吗？我不想你听他们胡说。”

“为什么他们觉得是你的错？”

“因为我太年轻了。”

“你多大？”

“二十二岁。”

年纪也不大的大卫说：“第二个原因呢？”

“我想让你感受水星，让你体会……体会……”他沉默了下来。

大卫穿着航天服的身形倒映在水星那冷峻的地面上，高大又挺拔。航天服一边肩膀处的金属材料捕捉并反射了日冕那乳白色的光芒。他帮明德斯补充完整：“太阳的白色幽灵。”

大卫继续说：“好吧，明德斯，就算我认同你的说法，觉得项目的失败不该责怪你，那应该怪谁呢？”

起初，明德斯只是轻声嘀咕，话音含混不清，后来逐渐串联成了句子：“我不知道……至少……”

“我不明白你想说什么。”大卫说。

“听我说，”明德斯拼命解释，“我调查过了，无论是睡觉还是清醒的时候，我都在努力查清过失。我观察每个人的举动；每当电缆碎裂或转换板粉碎时，我都记录事故发生的时间。有件事，我很确定……”

“是什么？”

“天文台的每个人都没有直接责任，所有人都没有。天文台里只有大约五十个人，准确地说是五十二人。最近的六起事故，我都能逐一解释清楚，没有人在事故现场及其附近。”他的声调突然变高。

大卫说：“那你要对那些事故做何解释呢？水星地震？太阳的影响？”

“是因为那些幽灵！”那个工程师失声叫了起来，双臂突然挥动。“那个白色幽灵和那个红色幽灵，你都看见过了。还有两条腿的幽灵，我看到过，但有人会相信我吗？”他语无伦次，“我告诉你……我告诉你……”

大块头说：“那些幽灵？你疯了吗？”

突然，明德斯尖叫起来：“你也不相信我！我会向你证明的。我要杀了那个幽灵，杀死那些不相信我的笨蛋，杀掉所有人，所有人！”

他在一阵尖锐、愤怒的笑声中掏出爆能枪，以闪电般的速度近距离瞄准了大卫并扣动扳机，大块头根本来不及阻止。无形的破坏力猛烈地爆发出来……

2

发疯还是正常？

如果他们是在地球上，大卫肯定已经性命不保了。

他察觉到了明德斯声音中不断积聚的疯狂气息，一直小心翼翼地等着这位工程师的彻底爆发和行动，以释放他在气急败坏的话语中所流露出的暴力倾向，却没料到自己会遭到突然攻击。

当明德斯一只手快速去掏爆能枪的时候，大卫往一旁跳了一下。要是在地球上，他的反应肯定已经迟了。

但在水星上，结果就不同了。水星表面的重力是地球表面的五分之二，大卫的肌肉收缩力可以把他那变得异常轻盈的身体（即使算上身上的航天服）抛得更远。明德斯并不习惯低重力环境，所以在快速转身用爆能枪追踪、瞄准大卫移动的身体时，他的身体却摇晃不定。

因而，爆能枪只打在了光秃秃的水星表面上，打在距大卫正在下落的身体几英尺远的地方。枪在寒冷的岩石上凿出了一个一英尺深的圆形窟窿。

明德斯还没站稳和重新瞄准，大块头——一个已经习惯了低重力环境的火星人——从远处用截球的低矮姿势优雅地击中了他。

明德斯倒下了。他无声地尖叫，随后没反应了，或许是摔晕了，也可能是情绪爆发到了极点。

这两种可能，大块头都不相信。“他是假装的！”他激动地喊叫，“这个卑鄙的家伙在装死。”他毫不费力地从倒下的明德斯手中抢过爆能枪，瞄准了他的脑袋。

大卫急忙阻止：“大块头，不要！”

大块头犹豫了。“大卫，他想杀死你。”显然，要是只有自己身处死亡的危险之中，这个小个子火星人一定不会如此愤怒。但他还是往后退了。

大卫蹲下来，打开了自己的头盔灯，透过面罩检查明德斯的脸，光线照在对方苍白、憔悴的脸上。大卫检查了明德斯航天服上的测压表，确认明德斯摔倒时的冲击力没有将那些连接点震松开，然后他将明德斯扛在自己肩上，站了起来。

“回天文台。”大卫说，“恐怕那个问题比理事长想得还要复杂得多。”

大块头嘟囔着紧跟在大步疾行的大卫身后。身形矮小的他只得借助低重力，小跑跟上。他一直手握爆能枪，演练着扣动扳机的姿势，以便在必要时只击中明德斯，而不会误伤大卫。

大卫口中的理事长是赫克托·康威，科学理事会的理事长。在非正式场合下，大卫都喊他赫克托叔叔，因为大卫的父母在金星附近轨道上的一次海盗袭击中牺牲，是赫克托·康威和奥古斯塔·亨利监护他长大的。

一周前，康威像是要给大卫放假一样，漫不经心地对他说：“大卫，想不想去水星？”

“赫克托叔叔，怎么了？”大卫问。

“其实没什么，”康威皱着眉头，“只是一些关于廉政措施的事情。我们在资助水星上一个费用相当高昂的项目，其中一项研究可能会毫无结果；反过来说，也可能极具革命性。只能看运气，一切都是如此。”

大卫说：“是我知道的那些项目？”

“我认为不是，这个项目最近才展开。总之，斯文森议员盯上了这个项目，把它看作科学理事会浪费纳税人金钱的一个案例。他已经在几个月前派了一名调查员去水星展开调查。”

“斯文森议员？我明白了。”大卫点了点头。没什么新鲜的。在过去的几十年里，科学理事会在保护地球免受内外危险的战斗中逐渐崭露头角。在这个银河系文明时代，人类已经蔓延到了银河系中每颗恒星周围的每颗行星上，只有科学家才能恰当地处理人类遇到的问题。事实上，只有科学理事会里那些受过特殊训练的科学家才能胜任。

然而，地球政府里的有些人担忧科学理事会日益增强的权力，还有些人想要利用此事来实现自己的野心。斯文森议员就是第二种人的典型代表。他经常直接抨击科学理事会支持研究是浪费金钱，他也因此而闻名。

大卫问：“水星上那个项目的负责人是谁？我认识吗？”

“负责人是一位叫斯科特·明德斯的工程师。顺便说一句，项目叫‘光明计划’。他是个聪明的人，但并不是真正操控项目的那个人。最尴尬的是，自从斯文森的言论引起骚动后，与这个项目有关的所有事情都出了问题。”

“赫克托叔叔，如果你想让我去，我可以去调查。”

“好。我敢肯定，那些事故和恶意破坏都无关紧要，但我们不能让斯文森的阴谋得逞，把我们逼入难堪的境地。你去查清楚他的意图，要留意他派去的那个人。那人叫厄忒尔，以能力强和危险而闻名。”

就是这样，只是为了预先阻止一些政治层面的困难而做点调查，并无其他内情。

带着这个唯一的任务，大卫在水星的北极着陆，两小时后却差点被爆能枪击毙。

大卫扛着明德斯步履艰难地往天文台走去，心想：事情可不是政治层面的困难那么简单。

卡尔·加德曼医生从那间小病房走出来，犹豫地看着大卫和大块头。他在一块松软的塑料垫子上擦拭自己那双坚实的手，擦完后把它扔进了废料处理设备里。他那张肤色偏黑、几近黝黑的脸上满是担忧，浓密的眉毛也皱了起来，甚至连那一头剪得很短的黑发也直挺挺地立在头上，似乎更加衬托出他那烦闷的表情。

“医生，他怎么样？”大卫问。

加德曼医生说：“我给他打了镇静剂，醒来就没事了。但我不知道他还会不会清晰记得之前的事情。”

“他之前也发过病？”

“没有，斯塔尔先生，自从来到水星后他才这样。我不知道之前发生过什么，但最近几个月他的精神压力很大。”

“为什么？”

“他觉得自己该为那些阻碍光明计划进度的事故负责。”

“该他负责吗？”

“不，当然不，但你能明白他的感受，他觉得所有人都责怪他。光明计划至关重要，耗费了大量资金和心血。明德斯负责管理一大批设备和十名建设人员——那些人全都比他年长五到十岁。”

“他这么年轻，为什么选他？”

医生冷酷地笑了笑，撇开这抹冷酷，他那洁白整齐的牙齿让他看起来讨人喜欢，甚至迷人。他说：“斯塔尔先生，亚以太光学是一个全新的科学分支。只有刚从学校毕业的年轻人才知道。”

“听起来似乎你也懂一些。”

“都是明德斯告诉我的。我们乘同一艘飞船来到水星，他让我着迷，他对项目的计划完全俘获了我的心。你知道这个计划的目的吗？”

“完全不知道。”

“好吧。这跟超空间有关，即位于我们所知的普通空间边界之外的那部分空间。自然法则适用于普通空间，但不适用于超空间。比如，在普通空间里，我们无法比光速跑得更快，所以要到达最近的恒星，至少要耗时四年，但在超空间里，任何速度都可能……”这个医生突然抱歉地笑了笑，“我敢肯定，这些你都知道。”

“我想大多数人都知道，超空间的发现使我们有可能到达各个恒星。”大卫说，“可这跟光明计划有什么关系？”

“好吧。”加德曼医生说，“在普通空间里，光在真空中以直线传播，只有在巨大的引力作用下才会弯曲。相反，在超空间里，光可以像棉线一样轻易地弯曲，可以聚焦、分散和折叠。这就是超光学的理论。”

“我猜，明德斯来这里就是为了测试这个理论。”

“是的。”

“为什么来这里？”大卫问，“我是说，为什么是在水星上？”

“因为在太阳系里，其他星球的表面都没有如此集中的光，并且照射在这么大的区域里。在这里，明德斯所追寻的效果最容易实现。若是在地球上启动这个项目，花费会是在水星上的一百倍，而结果的不确定性也会是在水星上的一百倍。明德斯是这么跟我说的。”

“只是，我们现在遇到了这些意外。”

加德曼医生哼了一声。“斯塔尔先生，那些不是意外，而且，必须阻止事情继续这么发展下去。你知道光明计划的成功意味着什么吗？”他在遐想中继续往下说，“地球将不再是太阳的奴隶。那些环绕在地球周围的空间站会拦截太阳光，将它放入超空间，然后再均匀地传播到地球上。沙漠的酷热和极地的寒冷都将消失。四季将按照我们的喜好来安排。我们可以通过控制阳光的分布来控制气候。只要我们想，就可以一直受阳光照耀，也可以随心所欲地决定黑夜的长短。地球将变成一个可调控的天堂。”

“我想，这需要时间。”

“很长的时间，但这只是开始……听我说，在这里，我可能没法搞定，但你不是解决了火星食物中毒事件的大卫吗？”

大卫眉头微皱，有点生气。“你怎么会这么想？”

加德曼医生说：“毕竟我是个医生。起初，那起食物中毒看起来像是种传染病，引起了我的关注。传闻四起，说一位年轻的科学理事会成员在解决这起神秘事件的过程中起了至关重要的作用，他们说得有鼻子有眼，但版本不一。”

大卫说：“就算是如此，又怎么样？”一开始是明德斯，现在是加德曼，只要有人提到大卫的成名逸事，他总是很生气。

加德曼医生说：“要是你就是传闻中的那个人，我希望你能解决水星上这些所谓的事故。”

大卫似乎没有听见。他说：“加德曼医生，什么时候我才能和斯科特·明德斯聊一聊？”

“至少得等十二个小时。”

“那时他会恢复理智？”

“我敢肯定他会。”

突然一个男中音插入：“加德曼，你敢保证？是因为你知道明德斯这孩子一直都没疯，是吗？”

加德曼医生转向那个声音，丝毫不隐藏脸上极为厌恶的表情。“厄忒尔，你来干什么？”

“来看看你要干什么，听听你要说什么，虽然我知道你巴不得我视若无睹，对一切置之不理。”

大卫和大块头都好奇地打量他。他个子不高，但肩膀宽厚，肌肉发达，两颊留着胡茬，自信又神气，让人很不舒服。

加德曼医生说：“我才懒得管你要来看什么、听什么，但不要在我的办公室里。”

“为什么不能在你的办公室？”厄忒尔反问，“你是医生。病人都有权进来。可能我就是个病人呢。”

“你得什么病了？”

“那他们俩呢？得了什么病？我猜，至少有一种病，缺乏激素。”他说着，眼光懒洋洋地落在大块头琼斯身上。

大块头气得好一会儿都喘不过气来，似乎要爆发。他缓慢地从座位上站起来，眼睛瞪得又大又圆。他一边咬牙切齿地重复说着“缺乏激素”，一边又好似在确认自己刚才确实听到了这两个词，而非幻觉。

五英尺二英寸[①]高的他全身肌肉紧绷，正打算以眼镜蛇般惊人的速度袭击面前这个冷笑着的人。

---

① 1英寸约合2.5厘米。

但大卫的动作更快，双手按住他的双肩，予以阻止。“大块头，冷静些。”

这个小个子火星人拼命反抗。“大卫，你没听见吗？你听听他说的是什么！”

“大块头，现在还不是时候。”

厄忒尔发出一连串大笑声，洪亮如犬吠。“伙计，让他来。我动动手指就能把他摔碎在地上。”

大块头被大卫死死抱住，他吼叫着，挣扎着。

大卫说：“厄忒尔，这件事我会守口如瓶，否则你会陷入麻烦，即使是你的参议员长官也爱莫能助。”他的声音笃定而冰冷，目光也幽暗而阴森。

厄忒尔的目光在大卫身上停留了片刻，然后移开了。他好似玩笑般咕哝着。大块头愤怒的喘息也稍微平息了些，大卫慢慢松了手。大块头坐了下来，但仍然因极度愤怒而颤抖不止。

一直旁观这出闹剧的加德曼医生说：“斯塔尔先生，你知道厄忒尔？”

“他是乔纳森·厄忒尔，声名远播，是斯文森议员的流动调查员。”

“好吧，确实如此。”医生喃喃低语。

“我也知道你，大卫。”厄忒尔说，“你是科学理事会的流动调查员，成就非凡。火星毒杀事件、小行星间谍事件、金星心灵感应事件的真相揭露者。我说得对吗？”

“没错。”大卫沉闷地回答。

厄忒尔得意扬扬地咧嘴笑了。“有关科学理事会的一切，参议员办公室全都知道。这里所发生的一切，也鲜有我不知道的。比如，我知道有人要取你性命，我就是为此才来这里的。”

“为什么？”

“给你点警示，只是个友好的小警告。我猜这个医生已经告诉你明德斯是怎么回事了——难以承受压力而暂时失智，我想他肯定是这么说的。他和明德斯是密友。”

“我只是说……”加德曼医生开口。

“让我来。”厄忒尔说，“我来说。斯科特·明德斯，就像一颗驶向飞船的两吨重的小行星一样‘安全’。他用爆能枪指着你的时候并没有暂时精神失常，他知道自己在做什么。他蓄意杀害你，大卫，如果你稍不留意，下次他就会得逞。你可以拍着你小个子朋友的火星长筒靴和我打赌，他肯定还会再试一次。”

3

死神等在房中

对于随之而来的沉默，除了厄忒尔，没人觉得愉快。

然后，大卫说："为什么？他的动机是什么？"

厄忒尔语气平静："因为他害怕。他背负着百万投资，是管理松懈的科学理事会给他的钱，他的实验没有成功。他说他尽力了，已经无能为力。最终他会返回地球，哭诉在水星上的霉运，然后从理事会、纳税人，抑或其他愚蠢的组织那儿搞来更多钱。但现在，你来水星调查，他害怕理事会将无意中知晓一些真相——你从这里查到的真相。"

大卫说："如果这就是真相，那你已经知道了。"

"是的，我想证实它。"

“那对明德斯而言，你才是危险人物。按照你的推理，他应该杀你才对。”

厄忒尔咧嘴笑了，肥阔的双颊变得更宽，下颌变得更宽厚，出现了双下巴。他说：“确实如此。他也试图杀害我，但我为参议员工作时经历过许多猛烈围攻，能保护好自己。”

“斯科特·明德斯从没想过杀害你们，杀害任何人。”加德曼医生面色苍白，表情痛苦，“你们都知道。”

厄忒尔没有回答，反而对大卫说：“也要留意这个‘好心’的医生。正如我所言，他和明德斯是密友。如果我是你，就算有病，我也不会让他给我诊断、治疗。药片和注射会……”他把手指关节掰得咔咔作响。

加德曼医生迅速打断他：“总有一天，有人会杀了你，因为……”

厄忒尔漫不经心地说：“是吗？你有没有打算成为暗杀我的一员？”他转身离开，又回过头说，“哦，我忘了说了。我听说匹伍瑞尔那个老家伙想见你。没有正式迎接你们，他很烦恼，很不安，所以去看看他吧，拍拍他的脑袋，安慰下这个可怜的家伙……大卫，再给你个暗示。以后使用任何防护服前，你都必须检查是否有破损，明白我的意思吗？”说完，他离开了。

过了好一会儿，加德曼医生才恢复正常。他说：“每次我遇见他，他都变本加厉地激怒我。他尖酸刻薄，谎话连篇……”

“很精明狡猾的家伙。”大卫语气冷淡，“显然，故意激怒对手是他的进攻手段之一。一旦对手被激怒，就会变得无助……所以，大块头，你要记住，不管谁暗骂你不到六英尺高，都不要出手。”

“大卫，”那个矮小的火星人悲叹，“他说我缺乏生长激素。”

“那就等待时机，让他明白情况并非如此。”

大块头忍不住抱怨，紧握拳头，轻轻拍打坚硬的银红色高腰塑料靴（除了火星农仔[①]外，没人穿这种颜色的长筒靴，而且这是所有火星农仔的必备之物。大块头有十二双，一双比一双耀眼）。

“作为整个天文台的领导，”医生说，“实际上，兰斯·匹伍瑞尔已经老了，工作能力大不如前。他跟我们一样恨厄忒尔，对此我很欣慰；但他也无能为力，不能反抗那个参议员。我很好奇，科学理事会能不能做到呢？”他语气沮丧。

大卫说：“我觉得可以。记住，明德斯醒来后，我要见他。”

“好。照顾好你自己。”

大卫好奇地凝视着他。“照顾好我自己？什么意思？”

加德曼医生面部涨红。“只是我常说的一句话而已。没什

① 即在火星农场劳作的男孩。

么含义。”

“我明白了。那我们还会再见面。走吧，大块头，别皱眉啦。”

兰斯·匹伍瑞尔博士和他们俩都握了手，作为一个老人，他的手出人意料地有力。他的双眼闪烁着关怀的光芒，与上方的白眉一对比，显得更黑了。他的发量依然丰富，很多都还是黑色，没有变成灰色。他的脸上满是皱纹，双颊如皮革般粗糙，颧骨明显突出，这才让他看起来像个老人。

他说话缓慢又温和。“先生们，对不起，很遗憾你们刚来到天文台就遭遇如此痛苦的经历。我很自责。”

“匹伍瑞尔博士，你不必道歉。”大卫说。

“先生，都怪我。我本应该来迎接你们……可我们正关注着一个重要而且相当不寻常的日珥现象，我恐怕自己专注于工作而没能款待你们。”

“不管怎样，我们原谅你了，无须愧疚。”大卫说，眼角余光饶有兴味地看着大块头。后者正张着嘴，倾听着这个老人缓慢而庄严的话语。

“我已不奢求原谅了。”那个天文学家说，“但你这么说，我很开心。同时，我已经下令把房间给你们打点好了。”他双手挽着他们俩，催促他们走向天文台那个照得很亮的狭窄走廊。“我们的设备已经塞满了整个天文台，尤其是自明德斯博士和他的工程师队伍以及其他人到来后。尽管如此，我还是希望你将这儿当成欢迎你们的场所，用来睡觉，恢复精神。我敢肯定，你们肯定想吃东西了，食物稍后就会有人送来。明天我们有足够的时间正式交谈，了解你们此行的目的。对我而言，有科学理事会为你们担保已经足够。我们会给你们办个欢迎宴会。”

当他们走上去时，走廊往下沉了一些。他们向天文台的住处走去，那里是水星的要害地带。

大卫说:“您太客气了。也许我也能借此仔细视察一下天文台。”

对此，匹伍瑞尔看起来很开心。“乐意为你效劳，我敢肯定，这样的检查一定会有收获。我们的主要设备安装在一个可以移动的平台上，可以随着晨昏线的前进和后退而移动。这样，不管水星如何移动，总能看到一部分阳光。”

“太好了！但现在，匹伍瑞尔博士，我得问个问题。明德斯博士的事情，您怎么看？我希望您直言不讳，不要思虑过多，跟我打官腔。”

匹伍瑞尔皱了皱眉。“你也是个低级别的临时工程师？”

“不完全是。”大卫说，“关于明德斯博士的问题，您还没回答。”

“嗯，确切说来，”这个天文学家好似在深思，“我觉得他是个讨人喜欢的年轻人，很能干，但紧张不安，动不动就生气。随着时间推移，项目进展得不顺利，这些症状就显现出来了，他变得有些不好相处。太遗憾了！否则，如我之前所言，他是个讨人喜欢的年轻人。当然，他在这个天文台的时候，我是他的上级，但我并没打算干涉他。他的项目与我们天文台里的工作没有任何干系。”

“那乔纳森·厄忒尔呢，您怎么看？”

这位老天文学家立即止步。“你指哪方面？”

“他好相处吗？”

“我不想聊他。”匹伍瑞尔说。

他们默默不语地走了一会儿。天文学家脸色阴沉。

大卫问：“天文台里还有其他外人吗？除了您和您的团队，明德斯和他的人员，以及厄忒尔，还有其他人吗？”

“当然还有那个医生，加德曼博士。”

“您没有把他当成你们当中的一员？”

“嗯，他是医生，不是天文学家。他提供的服务在天文台里必不可少，不能用机械完成。他负责我们的健康。他才刚来这里。”

“来多久了？”

“上一位医生一年一次换班之时，他才来的。实际上，加德曼医生是和明德斯的团队乘坐同一艘飞船来的。”

“一年换一次班？医生都是如此？”

“大多数都这样，所以我们很难熟悉，培养出感情之后又分离是件难事。但水星确实难待，所以我们经常需要换人。”

“那在过去的六个月里，有多少新人来到这里？”

“可能是二十个。具体数字是有记录的，但大约是二十个。”

“你们肯定来了挺久了。”

这位天文学家笑了。“好几年了。我讨厌思考这个问题。我的助理负责人库克博士已经来了六年了。当然，我们经常度假……先生们，你们的房间到了。有什么需要，尽管通知我。”

大块头看着大卫。房间很小，但里面有两张床，不用的时候可以折叠起来放进墙壁的凹陷处，两把同样功能的椅子，一张桌椅一体的桌子，一个小衣橱，隔壁还有个洗漱室。

“嘿，”他说，“总之，比飞船好多了，嗯？”

“不错。”大卫说，“可能这是他们最好的房间了。”

“可不是嘛！”大块头说，“我猜，他知道你是谁。”

“我想不是，大块头。”大卫说，“他以为我是个临时工程师。他只知道我是科学理事会派来的人。”

“其他人都知道你是谁。”大块头说。

“不是所有人都知道。明德斯，加德曼和厄忒尔……大块头，你怎么不去洗漱？我要让他们送些吃的来，再把通用工具箱从‘流星斯塔尔号’上取来。”

“正合我意。”大块头很开心。

大块头边洗澡边大声唱歌。一如往常，在没有水的星球上，洗澡水是严格定量供给的，墙上贴着对允许使用的水量的严肃警告。大块头是在火星上出生长大的，因此他很尊重水，他并没有肆意地泼洒水流，而是用很少的水浸没自己——像在炖牛肉一样。他一边大声唱歌，一边慷慨地涂抹沐浴液，吝啬地用水冲洗。

他走到强制热风[①]烘干机前，吹出的极其干燥的气流让他的皮肤一阵刺痛，他双手拍打身体，加强烘干效果。

“嘿，大卫，”他大叫，“食物送来了吗？我饿了。”

他只听见大卫温柔的声音，但什么都听不清。

“嘿，大卫。”他大喊着走出了浴室。

桌上放着两盘烤牛肉，上面盖着土豆。（扑鼻而来的肉香味，确实和金星海底小城里酵母的味道很接近。）然而，大卫没吃，而是坐在床上，对着墙上的通话机说话。

匹伍瑞尔博士的面孔出现在接收屏上。

大卫说：“那我们被安排住在这个房间，是不是也成了众所周知的事情？”

① 强制热风系统是以空气作为传热介质的系统。

“并非众所周知，但我是在公开的链接线路上下达命令为你们准备房间的。在我看来没必要保密。估计所有人都在无意中听到了。而且，你们的房间是为尊贵的客人预留的其中一间，这根本不是秘密。”

“我知道了，谢谢你，先生。”

“有什么问题吗？”

“没有。”大卫笑着切断了连接。他收起笑容，陷入沉思。

“开玩笑，怎么会没问题？”大块头突然打断他，“怎么了，大卫？别跟我说一切正常。”

“是有问题。我在检查这里的设备。我觉得，这些都是我们在向阳那面使用的特殊隔热航天服。”

大块头从墙上一个特殊的凹陷处取下一套挂着的航天服。它的重量相对于它的体积而言小到惊人，可它并不是因为水星的低重力环境而变轻，因为天文台里的重力依然保持和地球上的一样。

他摇了摇头，像往常一样，如果他必须使用一套早已准备好而不是特别定制的航天服时，他只能最大限度地减少附加设备。即便如此，他依然觉得使用起来不方便。他无奈地叹了口气，这全是因为他个子不是很高。他一直这么认为：个子不是很高。他从不认为自己五英尺二英寸的身高就是“矮个子”。

他说：“天哪，他们为我们准备好了一切，一切都准备就绪，床、浴室、食物和航天服。”

“还准备了其他东西。”大卫语气严肃，“看那边，死神也等在房间里。”

大卫穿着一套更大的航天服，举起了一条手臂。肩膀上的球形接头可以轻松地移动，但它与肩膀的连接杆上有个细小的、不明显的缝隙。要不是大卫的手指将它扯开了，根本就不会被察觉。

这是被人割破的，显然，是有人故意为之。

“在内层，”大卫说，“还有个类似的切口。这套航天服只能保护我到达向阳那面，然后会完美地杀死我。”

4 在宴会上

“厄忒尔！”大块头立即大喊，小身板上的每块肌肉都紧绷起来，“这个卑鄙的家伙……”

“为什么你认为是厄忒尔干的？”大卫语气温和。

“大卫，他警告我们要小心检查航天服。还记得吗？”

“当然。我也确实照做了。”

“肯定是他干的。如果我们发现航天服确实有破洞，就会信任他，下次就会成为他的盘中餐。别掉入圈套，大卫。他是个……”

“等等，大块头，等等。不要急于下定论。想一想，厄忒尔说过明德斯也曾试图杀害他。假如我们相信他，假如明德斯也耍花招弄坏过厄忒尔的航天服，而厄忒尔及时识破，所以他才警告我们要小心。也许是明德斯干的。”

“天哪，大卫，不是这样的。明德斯这个家伙，现在吃了药后昏睡不醒，而在此之前，自我们来到这个悲惨的星球之后，他就一直没离开过我们的视野范围。”

“好吧。我们怎么确定明德斯接受药物治疗后睡着了呢？”大卫问。

“加德曼说……”大块头陷入沉默。

“确实是。加德曼说的！可我们没看见明德斯，都是听加德曼医生说，而他是明德斯的密友。”

“他们俩是一伙的，都牵涉其中。”大块头立即被说服，“该死……”

“等等，思维别跳得这么快。天哪，大块头，我只是在厘清思路，你就马上附和我了。”他的语气虽有不满，但依然尊重这位小个子朋友。他继续说：“你曾无数次抱怨我，说我总在一切尘埃落定之前什么都不告诉你，因为你是个鲁莽的人。只要我提出一个想法，你就立即准备好所有武器，要为我冲锋陷阵。”

“对不起，大卫。”大块头说，“你继续说。”

“好。厄忒尔很容易被怀疑。所有人都讨厌他，就连匹伍瑞尔也是。一提到他的名字，你也看见匹伍瑞尔的反应了。我们只见了厄忒尔一次，你就不喜欢他……”

“我可以解释。”大块头嘀咕。

“……其实，我也不喜欢他。任何人都可以弄坏衣服，如果被发现，就把嫌疑转嫁到厄忒尔身上。弄坏衣服的事即便之前发现不了，等有人被杀死后也会暴露。”

“我知道了，大卫。”

“另一方面，”大卫平静地说下去，“明德斯已经试图用爆能枪杀我。如果他认真考虑好用这么直接的方法，似乎就不会用弄坏衣服这种迂回的伎俩。至于加德曼医生，我不认为他会仅仅为了和明德斯的友谊就去杀害理事会成员。”

“那你的结论是什么？”大块头不耐烦地大喊。

“现在还没有，”大卫说，“没谁睡一觉后就有了。”他放下床铺，走进洗漱间。

大块头在大卫身后看着他，耸了耸肩。

第二天早上，大卫和大块头走进斯科特·明德斯的房间时，他正坐在床上，脸色苍白，看起来很疲惫。

“嗨，”他说，“我差点杀了你的事情，卡尔·加德曼已经告诉我了。我很抱歉。”

大卫耸了耸肩，转移了话题。“你感觉如何？”

“焦虑不堪，其他一切都好，如果你明白我的意思的话。

今晚我会出席匹伍瑞尔举办的晚宴。”

“你带病出席合适吗？”

“我不会让厄忒尔在宴会上……”明德斯脸上的愤怒之情突然一闪而过，“跟所有人造谣，说我疯了，或是任由匹伍瑞尔博士这么做。”

“匹伍瑞尔博士也怀疑你疯了？”大卫轻声问道。

“嗯……听我说，大卫，自从事情开始变糟后，我就一直骑着火箭摩托四处勘探。我只得如此。这是我的项目。两次了，到目前为止……我看到过某些东西。”

明德斯停了下来，大卫催促道：“明德斯博士，你看到了什么？”

“我也希望我能说清楚。每次我都是在远处看见的。我看到有东西在移动，像是个人，穿着航天服，不是我们特制的因索隔热航天服。你知道的，是普通的金属航天服。”

“你没走近些看？”

“走近了，但我跟丢了。照片也什么都没拍到，只有些光点和黑暗，其中可能隐藏了些什么东西，也可能什么都没有。反正是有东西在太阳底下移动，不怕高温和射线的东西，还能在太阳里静止站立几分钟。我看到的就是这些。”

“不奇怪吗？我是说，静止站立。”

明德斯笑了。“在水星的向阳那面？确实奇怪。没人能在那里静止站立，即使穿着隔热航天服和其他一切保护装置也不能。大家都尽可能快速完成事务，也尽可能快速摆脱麻烦。晨昏线附近的高温破坏力并没那么凶猛，但射线强烈，越少接触越好。因索隔热航天服并不能阻挡伽马射线。如果必须得静止站立，那就得躲到岩石的阴影中。”

“你怎么看这一切？”

明德斯的声音减弱成了微弱的低语：“我觉得，那不是人。”

“你不会想说它是个两条腿的幽灵吧？”大块头突然发言，大卫用手肘轻推了他一下，他不吭声了。

明德斯摇了摇头：“我在水星上用过这个词吗？我好像想起来了……不，我觉得那是个水星人。”

“什么？”大块头大喊，这个答案听起来更糟。

“不然他怎么能忍受那样的高温和射线？”

“那他为什么需要航天服？”大卫问。

“我不知道。”明德斯的眼神闪烁，透露出焦躁不安的疯狂，“但确实有东西存在。每次我回到天文台后，都会把所有人和航天服数一遍。匹伍瑞尔博士不会授权对这件事真正展开调查。他说我们没有相应的装备。”

“你跟我说的事情，跟他说了吗？”

“他认为我疯了。我很确定自己看到了什么东西。他觉得我看到的只是想象中的反射光和建筑工人。大卫，但事实并非如此。”

大卫说：“你跟科学理事会联系过吗？”

“我怎么能呢？匹伍瑞尔博士不会允许。厄忒尔会说我疯了，其他人都会相信他。谁会相信我说的呢？”

“我会。”大卫回答。

明德斯突然从床上坐起来。他伸出一只手，想抓住大卫的袖子，但随后又收了回去。他激动得几乎窒息：“然后你就会进行调查？”

“我会的，”大卫承诺，“以我的方式进行。”

那天晚上，大卫和大块头到达的时候，其他人都已坐在宴会桌旁。他们俩做自我介绍的时候，引起了一阵骚动。在一片欢迎声中，也有迹象表明，这并不完全是一场愉快的聚会。

匹伍瑞尔博士坐在桌子的最前面，薄薄的双唇紧闭，凹陷的双颊颤抖着，努力保持着体面。他的左边是肩膀宽阔的厄忒尔，慵懒地靠在椅子上，粗壮的手指把玩着玻璃水杯的边缘。

桌子的尾端是斯科特·明德斯，看起来非常年轻，也非常疲惫，他愤怒而沮丧地凝视着厄忒尔。旁边是加德曼医生，关切地看着他。一旦明德斯鲁莽行事，加德曼医生做好了阻止的准备。

除了匹伍瑞尔博士右边还有两个空位，剩下的位置都被天文台里几个年长的成员坐满了。其中有一个人，汉利·库克，是天文台的二把手，他高挑的身体前倾，紧握大卫的手。

大卫和大块头各自就座，沙拉端了上来。

厄忒尔立即高声说话，成功开启对话。“你们来之前，我们还在想，年轻的明德斯是不是不该告诉你们，他那些实验为地球带来的伟大奇迹。”

“没有这回事。”明德斯厉声说，“如果你们不介意的话，我会自己说。”

“啊，明德斯，讲吧。”厄忒尔大笑，“别害羞。好吧，听着，我来告诉他。”

加德曼的一只手像是无意地落在明德斯的肩上。这个年轻的工程师忍住了愤怒和叫喊的冲动，保持沉默。

厄忒尔说:“大卫，我告诉你，这将是件好事。它……”

大卫打断了他:“实验的事情，我知道一些。我认为，一个可以调控气候的星球是很有可能实现的。”

厄忒尔的脸沉了下去。“果真如此？我很高兴你能这么乐观。可怜的明德斯没能完成初步实验。或者，至少他说自己不能，是不是，明德斯？”

明德斯想要站起来，可加德曼博士的手又按在了他的肩膀上。

大块头的目光追随着扫过每一个说话的人，停在厄忒尔身上时，目露厌恶，什么也没说。

主菜的到来暂时中断了对话，而匹伍瑞尔博士拼命缓和这火药味十足的氛围。他成功了一会儿，可厄忒尔最后一次叉起烤牛肉时，斜靠到大卫那边，对他说："所以你是为明德斯负责的项目而来，对吧？"

"我觉得这个项目不错。"

"作为科学理事会的一员，你肯定这么认为。但如果我告诉你这些实验都是骗局，科学理事会要是想为纳税人节省些钱，在地球上只需要百分之一的费用就能完成这些实验，你会做何感想？"

"不管你跟我说什么，我的回答都一样。"大卫镇定地反驳，"我会说，厄忒尔先生，你可能在撒谎。我想，这是你最大的天赋和乐趣。"

宴会上所有人，就连厄忒尔自己都突然陷入沉默。他肥硕的双颊惊奇地垮了下来，双眼瞪大。他突然从座位上站起来，倾身越过匹伍瑞尔博士的位置，把右手使劲按在大卫的浅盘上。

"理事会的狗腿子……"他咆哮起来。

与此同时，大块头也行动了。宴会上没人留意到他行动的细节，因为他的动作如蛇般快得惊人，因此，厄忒尔的咆哮声变成了惊惶的吼叫。

厄忒尔放在盘上的手突然被钉上了一把小军刀，上面露出半截金属雕刻成的刀柄。

厄忒尔突然把椅子摔碎在身后。除了大块头，众人都惊呼起来，就连大卫都吓了一跳。

大块头的男高音愉悦地响起。“你这个肥头大耳的家伙，拿开你的脏手，拿开手，滚回你的座位上。”

那一瞬，厄忒尔不明所以地看着这个袭击他的小家伙，随后慢慢拿开了手。他的手没受伤，毫发无损。那把小军刀插在塑料桌面上，还在晃动，露出一英寸长的晃摆不定、闪着冷光的刀刃（不必担心，只是无形的力量起到了一点点威慑作用）。那把刀精准、灵巧地插在厄忒尔的食指和中指间，插入桌面。

厄忒尔好似被火烧了一般，快速缩回了手。

大块头高兴地说：“你这个家伙，下次再敢把手伸向大卫或我，我不会再手下留情。如果我这么警告你，你会怎么回答？无论你要说什么，都给我客气点。”他伸手取回那把小军刀，握住刀柄，将它放入自己腰带上那个不起眼的手枪皮套里。

大卫眉头微蹙：“我的朋友带了武器，我竟然没察觉。我敢肯定，他很抱歉扫了大家宴会的兴致，而厄忒尔先生会将这次插曲铭记于心。”

有人笑了，而明德斯脸上的笑有些僵硬。

厄忒尔红着双眼挨个儿看向每个人。“受到这样的待遇，我不会忘记。显然，你们不想配合参议员，他也会知晓此事，我就待在这儿不走了。”他双臂交叉放在胸前，好像怕有人赶他走。

大家开始交谈起来。

大卫对匹伍瑞尔博士说：“先生，你知道吗？我感觉你的脸很熟悉。”

“真的？”这个天文学家勉强地笑了笑，“我觉得自己之前可没见过你。”

“你是否去过谷神星？”

“谷神星？”这位年老的天文学家有些意外地看着大卫。显然，他还未从飞刀插曲中回过神来。“太阳系里最大的天文台就在那颗小行星上。我年轻时在那儿工作，即使是现在也经常去。”

“我在想，我在那儿是否见过你。”

大卫边说，边忍不住回忆在小行星上的那些激动人心的日子，他追赶躲藏到那个星球上的安东船长和那些海盗。尤其是那天，那些海盗船突袭了科学理事会的核心地带，踏上了谷神星，凭借胆大包天的行为而暂时获胜。

但匹伍瑞尔博士带着些许幽默摇了摇头。“先生，若是我有幸在那儿见过你，我肯定会记得，但我很确定自己没见过你。”

“太糟了。”大卫回答。

“我敢确定，这是我的损失。那时，我有些不顺，因为肠道疾病，没能碰上海盗船的突袭，经历那些刺激的事情。我也只是偶然从护士们的交谈中得知这件事的。”

匹伍瑞尔博士的幽默收敛了，他环视桌子。机械托盘器正在上甜点。他说：“先生，长久以来都有一些关于光明计划的议论。”

他停了下来，亲切地笑了笑，然后继续说了下去：“在目前的情况下，这确实不是个开心的话题。关于那些对我们造成诸多妨碍的事故，我想了很多。看来，现在是个好时机，我可以将我的想法告诉你了。毕竟，明德斯博士也在场。我们也已经吃好了。而且，我还有些有趣的事情要说。”

厄忒尔沉默良久后，阴冷地问：“你，匹伍瑞尔博士？”

这位天文学家温和地说：“不可以吗？一生之中，我有很多有趣的事要说。我会说出我现在内心的想法。”他突然变得严肃，“我想，我知道所有真相，真正的真相。我知道破坏光明计划的始作俑者及其动机。”

5

危险所在的方向

当他环顾宴会桌时，那位年老的天文学家慈祥的脸上露出高兴的神色，可能是因为他成功吸引了所有人的注意力。大卫也环视着桌子，观察大家对匹伍瑞尔博士的言论所做出的各种反应。厄忒尔肥阔的脸上满是不屑，加德曼医生困惑地皱眉，而明德斯闷闷不乐。其他人要么好奇，要么感兴趣，态度各异。

有个人引起了大卫的特别注意，此人正是汉利·库克，匹伍瑞尔博士的副手。他凝视着自己的指尖，脸上有疲惫的厌恶之情，但他抬起头时，表情却变得谨慎而呆滞。

大卫心想：我得和他聊聊。

然后，他把目光转回匹伍瑞尔博士身上。

匹伍瑞尔博士正在说话：“当然，破坏者不可能在我们之中。明德斯博士跟我说，他已经调查过，确认了此事。即便没有调查，我也确信我们当中没人会做出这种犯罪行为。而且，破坏者一定很聪明，因为这些破坏的目的明确，对这个项目的针对性强，而不是偶然或不明智的结果，因此……”

大块头激动地打断了他：“嘿，你是说水星上有原生生命？是水星人干的？”

人群嗡嗡作响，炸开一阵疑惑的议论和笑声。大块头脸红了。“好吧。”那个小个子火星人说，“匹伍瑞尔博士说的不就是这个意思吗？”

“那可未必。”匹伍瑞尔博士的语气温和。

“水星上没有任何原生生命。”其中一位天文学家强调，“我们很确定。”

大卫插话：“有多确定？有人证实吗？”

刚刚说话的那位天文学家有点吃惊：“当然，我们有几个勘探小队。”

大卫笑了。他在火星上遇到过一些其他人不知道的智慧生物，也在金星上发现了大家都认为不可能存在的半智慧生物。他不会否认任何星球存在生命甚至存在智慧生物的可能。

他问：“有多少个勘探小队？勘察得多彻底？每一寸土地

都勘察了？”

那位天文学家没有回答。他看向别处，眉毛上挑，仿佛在说：问这个有什么用？

大块头咧嘴笑了，小脸起皱，露出带有讽刺意味的表情。

匹伍瑞尔博士说：“亲爱的大卫，那些勘探一无所获。即使我们承认水星生物可能存在，这种可能性也很低。我们设想银河系里唯一的智慧生物是人类。当然，人类也是我们所知的唯一的智慧生物。”

大卫脑中回忆起火星上的智慧生物，所以并不认同他的话，但依旧保持沉默，让那位老人继续说下去。

厄忒尔逐渐恢复镇定，插嘴道：“那你的意思是？”他忍不住补充，这也是他的性格使然，“有什么不同看法吗？”

匹伍瑞尔博士没有直接回答厄忒尔。他挨个儿望过去，故意忽略斯文森议员派来的这个调查员。他说：“关键是，除了地球外，人类也无处不在。很多星系里都有人类。”这位天文学家的脸变得很奇怪，它缩了进去，变得苍白，鼻孔张开，好像突然忍不住要发怒，“比如，天狼星的行星上就有人类。会不会他们就是破坏者呢？”

“他们为什么要搞破坏？”

“为什么不？他们之前已经侵犯过地球。”

确实如此。就在不久前，天狼星人的小型进攻船队就登陆了木卫三，大卫还亲自帮忙驱逐了他们。但他们还没能一决胜负就不得不离开了太阳系。但另一方面，只要出了差错，地球人都习惯于怪罪到天狼星人头上。

匹伍瑞尔博士精力充沛地说："我去过那儿，五个月前刚去过天狼星。因为天狼星既不欢迎移民，也不欢迎来访者，所以制定了很多繁文缛节，但那次是星际天文学大会，我成功弄到一张签证。我决定亲自去看看，那趟旅行确实没让我失望。"

"天狼星的那些行星人烟稀少，非常分散。他们以家庭为单位生活，每个家庭都有自己的能源和服务系统，也有各自的机械奴隶——其他词都不适合——正电子机器人形状的奴隶，承担苦力活儿。天狼星人让自己成为战斗贵族。他们每一个人都能操控太空巡洋舰。不摧毁地球，他们永不罢休。"

大块头在座位上焦躁地挪动："天哪，让他们试试。我只是想让他们试试。"

"如果他们做好准备，肯定会摧毁地球。"匹伍瑞尔博士说，"除非我们迅速采取措施，否则他们就会得逞。我们拿什么和他们战斗？成百万的人口，我们确实有，可有多少人能在太空中应对自如？我们像六十亿只兔子，而敌人却是一百万只恶狼。地球变得无助，且每年都变得愈加无助。我们吃火星的粮食和金星的酵母，从那些小行星上获取矿产，以前水星上的矿井还没崩塌时，我们也从这里采矿。”

“大卫，如果光明计划成功了，为什么地球要依靠空间站来获取阳光？你没发现这让我们多么容易受到攻击？一个天狼星突袭小组，只需进攻这个系统的那些前哨，都不用直接攻打我们，就可以让地球人挨饿和恐慌。”

“那我们能做些什么来反击？无论我们杀死多少敌人，剩下的天狼星人都设备齐全，自给自足。他们中的任何一个人都可以将战争持续下去。”

那位老人愤怒得几乎喘不过气来。毋庸置疑，他的情绪毫无伪装，十分真诚，好像身上有什么东西让他窒息。

大卫的目光转回到匹伍瑞尔博士的副手汉利·库克身上。他用一只瘦骨嶙峋的大手撑着前额，面色涨红，但大卫认为这并不是发怒或愤慨，而是尴尬。

斯科特·明德斯语气怀疑地开了口：“匹伍瑞尔博士，他们这么做，有什么意义？如果他们生活在天狼星上，为什么要来地球？他们要从我们这里得到什么？就算他们征服了地球，他们也只得支持我们……”

“废话！”这位年长资深的天文学家厉声说，“他们有什么目的？他们想要地球的资源，不要地球上的人类。用你的脑子好好想想，他们会饿死我们，这将是他们的一条政策。”

“啊，得了吧。”加德曼说，“这太令人难以置信了！”

“不是因为残忍，”匹伍瑞尔博士说，“是由于政策。他们歧视人类，将我们视为动物。而天狼星人种族意识极强。自从第一次被地球人殖民后，他们一直小心谨慎地繁衍，直到进化到不会生病，也摒弃了那些不良的特征。”

“他们面貌一致，而地球人却形态、肤色和种类各异。天狼星人认为我们是低等生物。正因如此，他们禁止我们移民到天狼星。他们的政府会使出一切办法阻止我们参加大会。其他种族的天文学家，只要不是地球人，都受欢迎。”

“总之，人类的生命，无论何种类型的人类的生命，对他们来说都毫不重要。他们以机器为尊。我看到过他们对待那些金属机器人的态度。与天狼星人自身相比，他们将机器人看得更重要。他们宠爱和呵护这些机器人，什么都比不上机器人。”

大卫低语：“机器人价格昂贵，所以得小心呵护。”

“也许是。”匹伍瑞尔博士说，“一旦他们习惯于担忧机器人的需求，对于人自身的需求就变得麻木不仁。”

大卫身体前倾，双手手肘撑在桌上，漆黑的双眼神情严肃，线条分明又俊俏的脸上一派肃穆。他说：“匹伍瑞尔博士，如果天狼星人种族意识强烈，生活和行为方式整齐划一，那么长此以往，他们会自取灭亡。人类正是因多样性才取得了进步。是地球，而非天狼星走在科学研究的前列，是我们先和天狼星人达成和解，也是我们每年都在各个方面取得进步，而不是天狼星人。就连你提到的那些正电子机器人，都是人类在地球上发明和制造的。”

“是的。”那位天文学家说，“但地球人却没有将它们投入使用，因为这会扰乱我们的经济，比起未来的安全，我们将现在的舒适与安全放在首位。我们用先进的科学技术让自己变得更弱。相反，天狼星人却借此变得更强。这就是差距，也是危险所在。”

匹伍瑞尔博士又坐回到椅子上，神情不快。机械托盘器正在清理桌子。

大卫指着它，说：“如果你喜欢，也可以说这是一种机器人。”

机械托盘器安静地完成任务。它表面平坦，在抗磁性的地面上平稳地移动，微微弯曲的底座不会真正接触地面；柔软而灵活的触手小心翼翼地取走餐盘，把其中一些放在最上面，另一些放在它内部的一个橱柜里。

“这只是个简单的自动机器。”匹伍瑞尔博士语气轻蔑，“没有正电子大脑。如果任务改变，它根本无法适应。”

“好吧。”大卫问，“你是说，是天狼星人在破坏光明计划？”

“是的。”

“他们为什么要搞破坏？”

匹伍瑞尔博士耸了耸肩：“可能这是他们宏图大计的一部

分。我不知道银河系的其他地方出了什么麻烦。这可能是他们首次随机勘探，为最终的进攻和征服做准备。破坏光明计划倒无关紧要，但天狼星人对一切都是威胁。但愿我能唤醒科学理事会、政府和人民去寻找真相。”

汉利·库克咳嗽了一下，第一次开口说话：“和我们一样，天狼星人也是人。如果他们在这颗行星上，那他们会在哪儿？”

匹伍瑞尔博士冷漠地说：“这得由勘探小队去寻找答案，一个准备充分、设备精良的勘探小队。”

“等一等。”明德斯的双眼闪烁着激动的神情，“我去过向阳那面，我知道答案……”

“一个准备充分、设备精良的勘探小队。”那位年老的天文学家坚定地重复，“明德斯，你个人的独立调查毫无意义。”

这名年轻的工程师嗫嚅了一会儿，最终陷入尴尬的沉默。

大卫突然说：“厄忒尔，你好像不开心。你对匹伍瑞尔博士的观点怎么看？”

这位调查员抬起双眼，怨恨且轻蔑地直视了大卫的双眼好一会儿。显然，他没有忘记，也不会忘记之前在餐桌上发生的不愉快。

他说：“我保留自己的观点，但我要说，我不会被今晚发生在这里的事情所愚弄。”

他紧紧闭上了嘴。大卫等着他继续说，等了一会儿没有结果后，转头对匹伍瑞尔说："先生，我在想，我们是不是真的需要做一次彻底的勘察。假如天狼星人真的在水星上，我们能否推断出他们在哪里？"

"来吧，大卫。"大块头立即出声，"给他们展示一下如何推测出来。"

匹伍瑞尔博士说："你什么意思？"

"对天狼星人来说，什么是最好的选择？如果他们在过去的几个月里经常破坏光明计划，那么对他们而言，在项目附近建一个基地才最方便。当然，与此同时，这个基地要难以被探测到。总之，他们在第二个方面做得确实很成功。那么，这样一个近在眼前的秘密基地会在哪里呢？"

"如果我们把水星分成两部分，向阳面和背阴面，在我看来，他们不会蠢到在向阳面建基地，因为太热，射线太强，又太过荒凉。"

库克咕哝："没有背阴面荒凉。"

"不，不。"大卫立即说，"你们说错了。向阳面相当不同寻常，人类根本适应不了。而背阴面我们却很熟悉，只是裸露在太空中的地面，状况我们也很熟悉。背阴面很寒冷，但没有太空寒冷；也很黑暗，缺少空气，但没有被太阳直射的太空中的任何地方都比背阴面更漆黑，更缺乏空气。人们已经学会在太空中舒适地生活，所以可以在背阴面生活。”

“继续说。”匹伍瑞尔博士年老的双眼闪烁着兴趣，“斯塔尔先生，说下去。”

“但要建立一个能使用数月的基地并非易事。他们必须有一艘或数艘太空船，以便将来某天返回天狼星。或者，如果外太空有飞船来接他们，那他们肯定要储存大量的食物、水和能源。这些都很占地方，他们还得确保不被发现，那他们就只可能在一个地方。”

“大卫，是哪里？”大块头急切得近乎上蹿下跳。无论大卫说什么，至少他都不会怀疑。“在哪里？”

“好吧。”大卫说，“我刚到这里时，明德斯博士提到了那些水星上关闭了的矿井。就在刚才，匹伍瑞尔博士也说这些矿井曾经运作过。我从中得出结论，这颗行星上肯定还有空的矿井和通道，他们必定在这里或在南极，因为只有极地区域的最高温度才没那么高。我说得对吧？”

库克赞同他：“没错，这里有矿井。天文台修建之前，这里就是个矿业中心。”

“所以我们正坐在水星上的一个大洞里。如果天狼星人成功躲在一个大基地里，那他们会在什么地方？他们的藏身之处就是最危险的地方。”

桌子四周响起称赞的低语声，但迅速被厄忒尔的声音打断。

“完美的推断。”他说，“那结论是什么呢？你们有什么打算？”

“我和大块头，”大卫说，“打算做好准备就去矿井里。如果他们在那儿，我们一定会找到。”

6

准备工作

加德曼医生尖声说："你们打算单独去？"

"为什么不呢？"厄忒尔反驳，"这样的英勇行为代价很小。他们当然要自己去了，因为他们知道，那里根本就没人，也会一无所获。"

"想加入吗？"大块头说，"如果你能不这么多话，就能穿上航天服加入我们。"

"你们不会让任何人加入！"厄忒尔咆哮。

加德曼又说："争论是否单独去调查，毫无意义，如果……"

"做个初步调查，"大卫说，"没有坏处。事实上，也许厄忒尔说得对，那里根本没人。最坏的情况下，我们会与天文台里的你们保持联系，如果遇到天狼星人，希望我们能应付。以前大块头和我都能应对困境。”

“而且，”大块头的脸上绽出笑容，“我和大卫都喜欢这些困境。”

大卫笑着站了起来：“如果可以，我们……”

厄忒尔立即站起来，转身跺着脚离开了。大卫若有所思地看着他离去。

当汉利·库克从大卫身边走过的时候，大卫轻轻地碰了碰他的手肘，留住了他。

库克抬起头，双眼中都是关切之情：“先生，有什么事？”

大卫悄声问：“能尽快在我们住的地方见一面吗？”

“十五分钟后见面，如何？”

“好的。”

库克比预计的来得晚了一些。他轻轻地走进他们的住处，依然一副关切之情，好像他一直都是这副表情。他年近五十，脸颊消瘦，眉毛稀疏，有些许灰白。

大卫说：“抱歉，我忘了告诉你我们房间的位置。”

库克有些吃惊：“我知道你们被安排在这里。”

“好吧，谢谢你应邀而来。”

“嗯。”库克停了一会儿，然后匆匆说，“荣幸，非常荣幸。”

大卫说："这个房间里的隔热航天服出了点问题，就是要到向阳面使用的那件。"

"因索航天服？是我们没有向你们播放指导使用的视频吗？"

"不，不是。我已经看过了，但不是这事。"

库克说："出什么问题了？"

"什么问题？"大块头说，"自己看吧。"大块头伸出双手，将破洞展示给库克看。

库克一脸茫然，脸慢慢变红，然后满眼惊恐。"我不知道……在这个天文台里……这不可能！"

大卫说："当务之急是把它修补好。"

"但这是谁干的？我们必须把他找出来。"

"没必要告诉匹伍瑞尔博士。"

"不，不会。"库克好像之前从没这么想过，立即就回答了。

"我们会在出发前找到蛛丝马迹。同时，我想找点东西来替代它。"

"当然，我马上去找。怪不得你要见我。天哪……"他站起来，说不出话，像是要离开。

但大卫阻止了他："等等，这只是件小事。我还有别的事情要和你商量。我们出发去调查前……我看得出，你根本不赞同匹伍瑞尔对天狼星人的看法。"

库克皱了皱眉："我不想谈这个。"

“他说话的时候，我在观察你。我想，你并不赞同。”

库克又坐了下来，他那骨瘦如柴的手指紧紧交缠在一起。“他是个老人，已经和天狼星人纠缠不清了很多年，几乎精神错乱了，做梦脑子里都是他们。他将一切都怪罪在他们身上。如果我们的行星被过度暴露，他也怪他们。自他从天狼星回来后，从他描述自己所经历的一切显示，情况恶化了。”

“他到底经历了什么？”

“我想，没什么严重的事情。但天狼星人对他进行隔离检疫，把他单独安排在一栋大楼。有时，他们过于客气；有时，他们又非常粗鲁。我认为，他对这一切都不满意。然后，他们给他配备了一个正电子机器人来料理他的个人事务。”

“他反对了吗？”

“他说，这是因为他们不想亲自与他近距离接触。我的意思是，对他而言，这一切都是侮辱。”

“你和他一起去了天狼星？”

库克摇了摇头：“天狼星只接纳一个人类，而他资格更老。我本该去的。他真的太老了……年纪太大了。”

他一边说，一边沉思，突然抬头往上望去：“顺便说一下，我说的这些，请你们保密。”

“当然。”大卫向他保证。

“你朋友呢？”库克有些犹豫，“我是说，我知道他值得尊重，但他有点……嗯……容易激动。”

“嘿！”大块头语气变得严厉。

大卫的手友爱地抚在这个小家伙的头上，拨开他额头上的头发。“没错，正如你在宴席上看到的，”他说，“他容易激动。我常常不能及时阻止他。有时，他如果被激怒了，会不假思索地使用恶语和暴力。这也是我一直牢记于心的。不过，关键是如果我专门要求他对某事保持冷静，他也能做到。”

“谢谢。”库克说。

大卫继续说：“回到我最开始提的问题吧，在目前的情形下，你同意匹伍瑞尔博士对天狼星人的看法吗？”

“不同意。天狼星人怎么知道光明计划，又为什么这么在意这个计划？我不认为他们派出飞船和人员，冒险在太阳系里惹麻烦，只是为了破坏一些电缆。当然，匹伍瑞尔博士现在肯定伤心了好一会儿……”

“为什么？”

“他还在天狼星的时候，明德斯和他的团队来到了这里。他回来后发现他们在这儿。他知道他们终究会来，因为这已经计划了多年。可亲眼看到他们到来，他还是很震惊。”

“他有没有试图除掉明德斯？”

“哦，没有，没这回事。他甚至还很友好。只是，有时他会觉得，终有一天他会被完全取代，也许不久就会被取代。我想，他害怕被取代，所以才想获得控制权，想借由天狼星人干件大事。你知道吗？这就是他的如意算盘。”

大卫点了点头：“跟我说实话，你去过谷神星吗？”

对于突然转换话题，库克好像很吃惊：“偶尔去，怎么了？”

“自己去，还是和匹伍瑞尔博士一起？”

“通常和他一起，但他比我去得更频繁。”

大卫咧嘴笑了：“去年，他们的海盗船进行突袭时，你们在那儿吗？”

库克也笑了：“我没在，但那个老家伙在。这件事情我们已经听过很多次了。这件事让他非常生气。当时，他还没有生病，就是这件事彻底击垮了他，他错过了一切。”

“好吧，原来是这样……我觉得，现在我们该回到正题了。我不想劳烦匹伍瑞尔博士。如你所言，他已经很老了，而你是他的副手，又更年轻些……”大卫笑了。

“好的，乐意效劳。我能做点什么？”

“我觉得，这个天文台里肯定有与那些矿井相关的记录、地图和表格，一些能让我们知道主要电梯井布置情况以及其他相关信息的东西。当然，我们不能漫无目的地查找。”

“我也确定这里有。”库克说。

“你愿意找到或和我们一起寻找吗？”

“当然。”

“库克博士，我希望像你了解的那样，那些矿井的状况依然良好。我的意思是，没有坍塌或诸如此类的危险。”

“噢，没有。我确定不可能。我们所在之处就是建在一些竖井上，而且我们在天文台刚刚开始建立之时就检查了工程情况。这些竖井有扶壁坚固地支撑着，非常安全，尤其是在水星的低重力环境下。”

“如果状况良好的话，”大块头问，“为什么这些矿井都倒闭了？”

“问得好。”库克稍微笑了笑，打破了之前一贯的忧愁神色，“你是想听解释，还是想听些有趣的事情？”

“都要。”大块头立即回答。

库克向他们俩敬烟，被拒绝后，他在一只手的手背上敲了一下烟，心不在焉地点燃。“事实上，水星密度很高，有望成为一个重金属丰富的源泉：铅、银、水银和铂。虽然可能不是特别丰富，但也已经足够了。遗憾的是，开采的利润不大。在这里开矿，再把矿石运回地球甚至运到月球，会花费太多的钱。”

“至于有趣的解释，那完全是另一码事。五十年前，天文台刚建好时，这些矿井依然是持续被讨论的话题，虽然有一些已经关掉了。最早的那批天文学家从那些矿工那儿听到一些故事，然后又转述给后来的那批天文学家。这是水星传奇的一部分。”

“什么故事？”大块头问。

“好像是矿井里矿工死亡的事情。”

“天哪！”大块头暴躁地喊叫，“到处都有人死亡。你以为有人能长生不死？”

“他们是冻死的。”

“发生了什么？”

“是种神秘的冰冻。当时，那些矿井的供暖很好，工作服的供电组件也在运作。而这些故事被夸大渲染，最终矿工们集合起来，不去主矿井，也根本不去侧边的矿井，那些矿井就倒闭了。”

大卫点了点头。“你能找到那些矿井的规划方案吗？”

“我马上去找，也去寻找那些因索航天服的替代服装。”

就像要进行一次大规模勘察一样，准备工作火热地开始了。一件新的因索航天服——代替有破洞的那件——被拿了过来，做了检验后被放在一边。总之，这是件在背阴面使用的普通航天服。

他们找到了那些方案的图表，并进行了研究。在库克的帮助下，大卫循着那些主要的矿井，找到了一条可能的调查路线。

大卫让大块头往附属组件里装满均质食品[①]和水（身穿

① 指食品加工过程中使物料细化，能更均匀地相互混合，可以形成更高品质的食品。

航天服依然可以喝水），让他给供电组件充满电，调整氧气罐的压力，检查废弃物处理部件和水分再循环装置的工作效率。

而他自己却快速地回了一趟他们的飞船“流星斯塔尔号”。他背着一个战地腰包（他没有跟大块头说过里面装了什么）徒步走回飞船。回来时，他将腰包留下了，却带回来两个小物件，看起来像粗厚的皮带扣，用亚光钢板制成，稍微弯曲，中间有个光亮透明的红色的长方形。

“这是什么？”大块头问。

“微波测能仪，”大卫说，“用来做实验的。就像飞船上的测能仪，只是这些是用螺栓固定在地板上的。”

“这些东西能探测到什么？”

“和飞船的测能仪一样，在数十万英里范围内，什么都检测不到，但在十英里内也许可以探测到核能量的来源。大块头，看着我，这样将它激活。懂了吗？”

大卫用拇指指甲按了一下这个机械装置一边的一个小裂缝。一块银色的金属片被按了进去，然后又弹出来了，表面的红色长方形立即变得更亮了。大卫把这个小测能仪朝一个方向转了转，然后朝另一个方向再转了转。转到某个特定位置的时候，红色的长方形闪耀起来，表示探测到新星的能源。

“这个天文台的发电站，”大卫说，“可能就在那个方向。

我们可以把这个装置示数重新调整为零，但这有些棘手。”他煞费苦心地调整着两个几乎看不见的、内置的小控制器。

他笑着操作，年轻的脸上洋溢着快乐，十分迷人。“大块头，你知道吗？每次我去见赫克托叔叔，他都会将理事会最先进、最精巧的设备给我。他说，只要我们带着（你知道他说话的方式），总会用得上。有时我在想，他只是想让我们实地测试一下这些设备。然而，这个小玩意儿可能有用。”

“大卫，它怎么起作用？”

“一方面，大块头，如果天狼星人在那些矿井里，他们肯定有个小型的核电站。肯定有，因为他们需要用电来取暖、电解水，等等。这个测能仪会在一定距离内探测到这个发电站。另一方面……”

大卫陷入了沉默，大块头失望地紧闭双唇。他知道大卫的沉默是什么意思。他后面要说的话，内容太过于不确定，所以难以启齿。

“其中一个测能仪是给我的？”他问。

“当然。”大卫扔了一个给他。大块头在空中接住。

他们穿着航天服，腋下夹着头盔走出住所时，汉利 · 库克就在门口。

他说：“我想带你们走最近的路去矿井。”

“谢谢。”大卫说。

天文台里的人都睡觉了。即使这里没有白天和黑夜之分，人类也依然保持着在地球上时睡觉和清醒的交替作息习惯。大卫不想引起大家的好奇，故意选在这个时间进入矿井。

天文台的那些通道空无一人，灯光昏暗。他们走上通道，四周一片沉寂，因此脚步声就显得更响了。

库克停下来：“这是二号入口。”

大卫点头：“好的。希望一会儿我们能再相聚。”

“好。”

库克像往常一样闷闷不乐，神情严肃地操控着气闸室。大卫和大块头戴上头盔，将其牢固地扣在顺磁性的接缝上。大卫吸了第一口氧气管里的空气，感觉很开心，因为他很习惯这个味道。

大卫在前面，大块头紧跟其后，走进了气闸室。他们身后的墙关上了。

大卫问：“大块头，准备好了吗？”

“一切就绪，大卫。”大卫的接收器中响起大块头的声音，气闸室极度昏暗的灯光映出大块头的小身板。

然后，对面的墙打开了。他们感受到一股空气漏入真空中，又一次向着空旷的地方迈去。

他们按了一下外部控制按钮，这堵墙在他们身后又关上了。此时，灯光完全熄灭了。

在一片漆黑中，他们发现自己站在静谧的、空空如也的水星矿井里。

7

水星上的矿井

咔嗒一声，他们打开了航天服上的灯，四周一小圈的黑暗稍微被驱散了一些。在亮光照射下，一条隧道出现在他们面前，越往前看去越昏暗，最后是一片漆黑。光束在真空中也不可避免地出现尖锐的边缘。边缘外的一切完全是一片漆黑。

高个子的地球人在矮个子火星人的陪同下，在黑暗中坚定地走入水星的内部。

借着航天服上的灯光，大块头好奇地看着这个隧道，因为它和自己在月球上看到的那些很相似。这个隧道是被爆破和分解成的平滑的圆洞，平坦、笔直地延伸出去。墙面弯曲，和岩石天花板连接在一起。墙的剖面是椭圆形的，上部稍微扁平，下部相当平整，以便达到最大的结构强度。

大块头被罩在航天服里，只能听到自己的脚步声。只有岩石上出现细微的震动时，他才能察觉到大卫的脚步声。大块头一生中的大多数时间都是在真空或接近真空的环境中度过的，对他而言，即使震动的声音很小，也已经完全够他辨别了。

就像地球人听到空气的震动，将其称为“声音”一样，他也能“听到”固体物质的震动。

每隔一段固定的时间，他们就会遇到一根没被炸裂的柱子，而这些柱子是隧道和地表之间岩层的支撑物。这和月球上的矿井也很像，只是这些支撑柱更粗壮，数量也更多。尽管水星表面的重力很小，但毕竟是月球表面的二点五倍，所以这也在情理之中。

隧道从他们走过的主矿井上分出一条岔道。大卫似乎并不着急，他在每个入口都停下来，将这些入口与自己所携带的图表对比。

对大块头来说，这些矿井中的人类曾经居住的痕迹是最令人悲伤的：那些螺栓都加入了感光金属材质，肯定曾经用来借着白天的阳光照亮走廊；顺磁继电器曾经为矿车提供牵引力的地方有微弱的标记；旁边偶尔有些小房间，矿工们可能曾经在里面煮饭、吃饭或化验矿石样品。

而如今，一切都拆除了，一切都损毁了，只剩下了岩石。

但大块头不是在这些事情上抑郁沉思的人。反而，他很在意他们一直毫无行动。他来这儿，可不只是为了走一趟。

他说："大卫，测能仪什么都没检测到。"

"大块头，我知道。行动吧。"

大卫说得很平静，没有特别强调什么，但大块头明白他的意思。大块头把无线电控制器推到某个特定的凹槽上，使通信载波被屏蔽，信号被扰乱。这并不是航天服上的原装调节装置，但对大卫和大块头来说却是例行程序。大块头在准备航天服的时候，几乎不假思索就给无线电控制器装上了扰频器。

大块头的心跳加快。大卫在他们中间发现了一条密集而被干扰的电波，这意味着危险也近在咫尺。总之，危险越来越近。大块头问："大卫，怎么了？"

"是时候告诉你了。"虽然大卫的声音立即从四面八方传来，但听起来微弱而遥远，因为接收器的辨音器不可避免地不够完善，总是留下一小部分"噪声"。

大卫说："根据图表显示，这是编号为 7A 的通道，由一条非常简单的路线回到通往地面的一个竖井。我要去那儿。"

大块头很吃惊："你要去？为什么，大卫？"

"还能为什么？"大卫微微笑了下，"当然是上地面去。"

"为什么？"

"为了从地面上回到飞船库和'流星斯塔尔号'上。上次我去飞船的时候，带回来了一件新的因索航天服。”

大块头仔细思考他的话，缓慢地说：“你的意思是，你要去向阳面？”

“没错。我要向着太阳进发。至少，我不会迷路，只要跟着地平线上日冕的光亮，就很容易做到。”

“大卫，别胡说了。我认为天狼星人是在那些矿井里。你在宴会上不也证实了吗？”

“不，大块头，我没有证实，我只是假装这需要证实，说出来是为了试探真假。”

“那你之前为什么不告诉我？”

“因为我们以前就争论过这件事，我不想再多说。因为我不能让你冒在错误的时间发脾气的风险。如果我提前告诉你，我有一个更详细的计划，到矿井里来只是其中的一部分，而恰巧你出于某些原因被库克激怒的话，你会立即不假思索地说出来。”

“大卫，我不会。这是你的一贯作风：在完全准备好之前，什么都不愿透露。”

“也有这个原因。”大卫承认，“总之，事情就是这样。我想要所有人都以为我要去那些矿井，想要所有人都以为我完全不想去向阳面。因此，最安全的办法就是确保所有人，包括你，大块头，所有人都这么认为。”

“大卫，你能告诉我原因吗？难道这也是个不可告人的秘密？”

“我可以告诉你。我有种强烈的感觉，天文台里肯定有人是破坏的始作俑者。我不相信那个与天狼星人有关的推测。”

大块头很失望：“你是说，矿井里面根本什么都没有？”

“有可能我也猜错了。但我同意库克博士的说法，天狼星人不太可能竭尽全力要在水星上建立一个秘密基地，只是为了搞点小破坏。如果他们要这样做，更有可能会收买一个人类去做。毕竟有人损坏了因索航天服，到底是谁呢？至少，航天服的事不是天狼星人干的。就连匹伍瑞尔博士也认为，天文台里没有天狼星人。”

“大卫，所以你是在找这个叛徒？”

“我在找破坏者。那个人可能就是受雇于天狼星人的叛徒，他也有可能是出于自身原因而搞破坏。我希望能在向阳面找到答案。而且，来矿井里调查是我放的烟幕弹，我也希望这样可以让那个犯罪嫌疑人没有时间来掩饰自己的罪行，让他对我的突然到来不能提前做好防御准备。”

“你期盼的答案是什么？”

“等找到的时候，我才会知道。”

“好吧，”大块头说，“我服了，大卫。那么上路吧，走吧。”

“等等！”大卫慌忙大喊，“天哪！我是说，只有我一人去向阳面。因为只有一套因索航天服，所以你得留在这里。”

第一次，大卫使用的代词“我”如针一般刺入大块头的内心。其实大卫一直说的是“我”，从没说过“我们”。然而，大块头怀着长期与大卫合作的轻松与自信，以前一直以为“我”就是指“我们”。

“大卫！”他非常沮丧，濒临愤怒地大喊，“为什么我得留在这儿？”

“因为我想要天文台里的人以为我们在这里。你拿着这些图表，沿着我们之前说的那条路线或类似的路线走。每个小时向库克报告一次，告诉他你在哪里，看到了什么，照实说，所有事情都没必要编造——但你得撒谎说我和你在一起。”

大块头思索了一会儿：“但如果他们要跟你讲话，怎么办？”

“跟他们说，我在忙。大声喊，说你觉得自己刚刚看到一个天狼星人，得切断对话了。撒点谎，得让他们相信我和你在一起，明白了吗？”

“好的，天哪，你要去向阳面享受乐趣；而我却在黑暗里游荡，通过航天服上的无线电设备与他们玩游戏。”

“振作一些，大块头，也许矿井里会有所发现。我的猜想并不总是对的。”

“我打赌，这次你肯定对。这里什么都没有。”

大卫忍不住开玩笑：“库克说这里冻死过人。你可以调查一下。”

大块头并没听出大卫言语中的玩笑意味。他说：“噢！闭嘴！”

一阵短暂的沉默横在两人之间。然后，大卫把手扶在大块头的肩上。“好吧，大块头，这不好笑，我道歉。真的，现在高兴起来吧。你知道的，我们很快就会再见面的。”

大块头把大卫的手推到一边。“好吧。别哄我了。你让我干什么，我就干什么吧。只是没有我照看你，你可能会被晒伤，你这个大笨蛋。”

大卫笑了：“我会努力小心些。”他往 7A 号隧道走去，还没走几步，大块头就大喊起来。

“大卫！”

大卫停了下来：“怎么了？”

大块头清了清嗓子：“听着，不要愚蠢地冒险，好吗？我是说，我不在你身边，没法把你从麻烦中拽出来。”

大卫说：“你这语气听起来像赫克托叔叔。你也听取一下你自己刚向我提的建议吧，不要愚蠢地冒险，好吗？”

这是他们一如往昔表达对彼此最真诚关怀的亲密方式。大卫挥了挥手，在大块头航天服的灯光里站立了片刻，然后转身离开了。

大块头目送他，眼光追随他逐渐消失在周围阴影里的身影，直到他在隧道里拐了一个弯，消失在自己的视线里。

他感觉静谧与孤独都成倍增加了。如果他不是约翰·大块头·琼斯的话，早被这种失落感和孤独感击垮了。

但他是约翰·大块头·琼斯，所以他绷紧下巴，咬紧牙关，迈着坚定的步伐沿着主矿井走下去。

十五分钟后，大块头第一次连线天文台里的人。他很不高兴。

他怎么能相信大卫真的以为矿井里会有惊险发现？大卫会不会有意安排，故意让天狼星人截取了无线电信号并密切关注他的通话？

当然，这串电波很密集，但信息却没被干扰。电波过于密集，以至于没人有耐心窃听。

大块头在想，为什么库克会同意他们的安排。他马上想到，库克也不相信与天狼星人相关的推测。只有他自己相信。愚蠢至极！

那一刻，他恨得牙痒痒，恨不得能咬碎宇宙飞船的外壳。

他接通了库克的电话，用之前约定的信号使通话清晰起来。

库克的声音立即传了回来："听得见吗？"

"嘿，能听见。大卫在距我二十英尺的地方，我们一无所获。听着，如果我的信号不好，你听不见的话，下次再和我连线。”

“我要跟大卫讲话。”

“有什么事？”大块头努力让自己的语气听起来正常，“下次再跟他说话吧。”

库克犹豫了一会儿，然后回答：“好吧。”

大块头自顾自冷酷地笑了笑。不会有下次连线了。他会努力保持信号良好，但只是为了……他得在黑暗中游荡多久，才能收到大卫的消息？一小时？两小时？六小时？如果六个小时过后，大卫依然毫无音信，怎么办？那他应该在矿井里待多久？他又能待多久？

如果库克询问详细信息，大卫教过大块头如何应对，但如果大块头无意间演砸了呢？如果他无意中提到飞船，泄露了大卫去向阳面的消息，可怎么办？那么，大卫肯定不会再相信他！无论他说什么，都不相信！

他努力不去想这些。把思绪集中在这些想法上对他毫无益处。

除了黑暗和真空，除了自己的呼吸声和脚步微弱的震动之外，他得找点事情来分散自己的注意力。

他停下来，检查自己在主矿井中的位置。两侧的那些走廊的墙上清晰地印着字母和数字，岁月丝毫没有腐蚀它们的清晰度，所以很容易检查和比对。

然而，矿井里的低温让图表变得易碎，难以抓握，这让大块头心情不快。他调节着航天服胸口处的操作装置的灯，想打开除湿器，因为他头盔内部的面板随着呼吸已经有些潮湿了。他告诉自己，可能温度是随着自己的坏心情而升高的。

他刚调节好，就把头猛然转向一边，竖起耳朵听。

他确实在认真听。他集中注意力，精神高度紧张，勉强能“听到”微弱的震动声，可他自己已经停下了脚步。

他屏住呼吸，像隧道的墙壁一样，一动不动。

“大卫？”他对着发射器低语，“大卫？”他右手的手指调节着控制按钮。通信载波被干扰了，所以没人能听懂这轻声低语，但大卫可以。不一会儿大卫的声音就会传回来。大块头羞于承认，他是多么期盼收到大卫的回复。

“大卫？”他又说了一遍。

震动声还在继续，但毫无回应。

他的呼吸急促起来，先是很紧张，然后是一阵危险即将来临时猛烈的快乐和激动。

水星的矿井里除了他，还有其他人，不是大卫，另有其人。

那么，是谁呢？天狼星人？大卫本来只是放了一个烟幕弹，难道他真的推断正确了？

也许吧。

大块头握着自己的爆能枪，熄灭了航天服的灯光。

对方知不知道他在这里？是不是来抓他的？

这些震动并非模糊不清的、毫无节奏的许多人的“声音”，甚至也不是两三个人的“声音”。大块头耳朵敏锐，这些清晰的间歇出现的“嚓嚓”震动声，是一个人有节奏地往前迈步的“声音”。

大块头随时随地都可能撞到什么人，而且，大块头不知道对方是什么人，在哪个位置，自己什么时候会和他相遇。

他悄无声息地伸出手，触摸最近的墙壁。这些震动明显更清晰了。那个人必定就是在那个方向。

他在伸手不见五指的漆黑中悄悄往前走去，一只手始终轻扶着墙壁。那个人发出的震动非常强烈，说明他的行动相当自然随意。要么那人以为矿井里只有他自己一个人（就在前一刻，大块头也以为这里面只有他自己）；要么他在跟踪大块头，但不熟悉也不习惯真空环境。

大块头像猫一样轻手轻脚地往前走去，脚步声也减弱到几乎听不见，而那个人的震动声却毫无变化。如果那个人是循着脚步声来跟踪大块头的，大块头的脚步声突然发生变化，那个人的震动也应该随着变化，结果却没有。所以，大块头得出了和刚才一样的结论。

在下一个侧面隧道的入口，他往右转，继续向前走。扶在墙上的手给他导路，指引他走向那个人。

当那个人的灯光从他面前晃过时，远处的黑暗中闪出耀眼的光芒，大块头立刻紧贴住墙壁。

灯光消失了。那个人已经走过了大块头所在的这条隧道，他没往这边来。大块头迅速轻声地前进。他要找到那个人走的那条岔道，然后跟在他后面。

然后，他们终会相遇。他，大块头，是地球和科学理事会派来的；而敌人呢，是谁派来的？

8

矿井里的敌人

大块头算得很准。当他找到入口的时候，那人的亮光在他前面闪烁，而那人却没发现他。他必须得先发制人。

大块头的爆能枪准备就绪。他本可以毫无偏差地开枪，但一枪击毙对方并不能获得什么信息。死人不会说话，死去的敌人更不会告诉你任何秘密。

他跟着灯光，像猫一样耐心地继续前行，不断缩短他们之间的距离，努力判断敌人的特征。

爆能枪一直都蓄势待发，大块头准备第一次与敌人接触。他决定先用无线电设备联系对方。他的手指快速地调节控制键，调节成通用的短距离传输模式。大块头发送的波长，敌人的设备可能接收不到。准确地说是可能性很小，不过依然有可能。

但这没有关系。他始终把爆能枪的螺栓抵在墙上，这足以表明他的意图——手握爆能枪就掌握着话语权，而且无论在何时何地，即使语言不通，所有人也能看得懂。

他用尽全部力气，用男高音大喊："站住！站在原地，不要转身！有把爆能枪正瞄准着你的脑袋。"

大块头打开了航天服的灯光，敌人呆站在灯光下，没有转身的意思，说明他听懂了大块头的话。

大块头说："现在，慢慢地转过身来！"

那个人转过身。大块头把始终握着爆能枪的右手放在航天服的灯光下，准备随时扣动大口径爆能枪的扳机。

大块头说："这把枪装满了子弹，以前我用它杀过不少人。而且，我是个神枪手。"

显然，敌人也配备了无线电设备，并且收到了讯息。因为他看了一眼爆能枪，举起手做出阻挡爆能枪射击的动作。

大块头仔细研究着敌人的航天服，这件航天服相当常见（难道天狼星人也用如此熟悉的款式？）。

大块头简短地说："你有没有配置无线传输设备？"

一个声音突然传入他的耳朵，惊得他跳了起来。即便经过收音设备处理后失了真，这声音也还是很耳熟："是毛头小矮子，对吧？"

这一生中，大块头从没像此刻这般难以控制自己开枪打死对方的冲动。

他确实开了枪，爆能枪在他手中剧烈而失控般地跳动，而对面那人迅速闪向一边。

“厄忒尔！”大块头大喊。

他的心情从惊喜变成了失望。没有天狼星人！只有厄忒尔！

他突然想到：厄忒尔来这里做什么？

那个人说：“我是厄忒尔。收起你的豌豆子弹玩具枪。”

“我高兴什么时候收就什么时候收！”大块头说，“你来这儿做什么？”

“我想，水星上的矿井不是你的私人财产。”

“你这个肥头胖脑的家伙，我手握爆能枪的时候，它们就是属于我的。”大块头冥思苦想，可想破脑袋亦是徒然。要怎么处理这个恶毒的讨厌鬼？如果把他带回天文台，就会暴露大卫不在矿井里的事实。大块头可以撒谎说大卫逗留在后面，可那样的话，他们会起疑，或者在大卫没有报告的时候担心他。而且，他应该控诉厄忒尔犯了什么罪呢？任何人都可以自由出入这些矿井。

另一方面，他总不能一直用爆能枪瞄准厄忒尔吧？

如果大卫在这里的话，他就会知道……

仿佛一束心灵感应的火花穿透两人间的真空，厄忒尔似乎知道大块头的内心想法，突然问：“总之，大卫在哪里？”

“这不用你关心。”大块头说完后，突然语气坚定地问，“你是跟踪我们来的，是吧？”他把爆能枪往前猛推了一把，仿佛要逼迫他回答。

在大块头耀眼的航天服灯光照射下，厄忒尔那张半透明的脸好像顺着爆能枪微微朝下埋了些。他说：“如果是，又怎样？”

他们又陷入了僵局。

大块头说：“你刚才走的是侧面的通道，是打算大摇大摆地跟在我们后面吗？”

“如果我说……确实是，又如何？”厄忒尔的声音非常慵懒，好像完全放松，很享受被人用枪指着一样。

厄忒尔继续问：“你朋友在哪儿？在附近？”

“我知道他在哪里。你不用操心。”

“我就是要操心。你连线他。你的无线电是局域传输电波，否则我也不会那么清晰地听到你说的话……你介不介意我打开我的流体喷射装置。我渴了。”他的手慢慢行动。

“别耍花招。”大块头说。

“只是喝口水。”

大块头紧张地看着他，不希望他打开胸部控制器是为了激活某种武器，也不希望航天服的光线会突然增强，令人目眩，或者……或者……好吧，反正不希望有坏事发生。

当大块头犹豫不决地站在那里的时候，厄忒尔已经完成了操作，只剩下吞咽的声音。

“吓着你了？”厄忒尔语气镇定。

大块头无话可说。

厄忒尔的声音变得尖锐：“连线他，连线大卫！”

在他的命令下，大块头的手动了下，随后又停了下来。

厄忒尔笑了：“你刚才已经调好了无线电装置，不是吗？你需要长距传输电波，因为他根本不在附近，对吗？”

“没这回事！”因为羞愧至极，大块头激动地叫喊。厄忒尔，这个讨人厌的大个子很聪明。明明是大块头站在那里，用爆能枪指着对方，被瞄准的目标却占了上风，掌握了整个局势。大块头的处境很尴尬，时间一秒一秒地流逝，可他既不能开枪，也不能放下枪；走也不是，留也不是，这让他更加不堪一击……

那个想法在疯狂地折磨着他：为什么不开枪？

但他知道，他不能开枪。他没有理由这么做。即使他可以开枪，斯文森议员的下属突然横死，这会给科学理事会带来巨大的麻烦，也会给大卫造成大麻烦！

如果大卫在这里，该多好……

可能因为大块头热烈地期盼大卫能出现，所以当厄忒尔把灯光稍微往上抬了一些，照在他身后的时候，他的心跳得更激烈了。他听见厄忒尔说："不，我终究还是错了，你是对的。他来了。"

大块头感到一阵眩晕："大卫……"

他本来以为自己可以平静地等着大卫走过来，一只手抚在他肩上，可他想错了。以当时的情况看，那是不可能发生的，但想见到大卫的渴望压倒了一切。

大块头只喊了一声"大卫"，就被比自己大两倍的身躯击倒了。

那一刻，他手里还握着爆能枪，但很快那只手就被另一只手撕扯，被强壮的手指扭伤。大块头疼得喘不过气来，大脑因为突然的袭击而眩晕，枪也掉出了手掌。

压着大块头的沉重身躯离开了，当他转身挣扎着站起来的时候，厄忒尔高高地俯视着他，而他正盯着抵住自己的爆能枪。

"我自己也有一把。"厄忒尔阴森地说，"但我宁愿用你的。不要动，待在原地，举起双手，蹲在地上。对，就这样。"

一生之中，大块头从未像此刻这般恨自己。被如此欺诈和哄骗，他真是该死。他宁愿被杀，也不想丢脸地面对大卫，他在内心忏悔："他往我身后看去，说你来了，所以我才转身……"

他用变了调的声音说："有胆就开枪吧！开枪啊，大卫会追捕你，一定会把你囚禁在最小、最冷的小行星上，让你余生都被监禁在那儿。”

“大卫会那样做？可他人在哪里呢？”

“你自己去找吧。”

“我会的，因为你会告诉我他在什么地方。告诉我，当初他为什么到这些矿井里？他到这里干什么？”

“你也听到了，来找天狼星人。”

“找个屁！”厄忒尔咆哮，“那个年老糊涂的笨蛋匹伍瑞尔才会说天狼星人是破坏者，但你的朋友可一点儿都不相信，即便他跟你一样蠢笨，也不会相信。他来矿井肯定另有原因，告诉我。”

“我为什么要告诉你？”

“为了拯救你悲惨的小命。”

“这个理由不足以吸引我。”大块头站起来，往前走了一步。

厄忒尔往后退，身体靠在隧道的墙上。“再动一下，我马上毙了你。我没那么需要你提供的信息，虽然可以节省些时间，可也节省不了太多。我不会浪费时间，不会在你身上耗时超过五分钟。”

“现在，让我告诉你我真实的想法。也许这会让你明白，你和你的锡皮英雄[1]大卫都骗不了人。你们什么本事都没有，

① 指徒有虚名。

只会用军刀戏弄一个手无寸铁的人。”

大块头沮丧地想：这个家伙果然还是对那件事耿耿于怀。我让他在众人面前像个傻子一样丢了脸，他在这里等着报复我。

“即使你答应饶我一次，”他竭尽全力用蔑视的语气说，“你也会开枪。我宁愿直接被打死，也不愿跟死神对话。”

“不要赶着送死，小家伙，不要上赶着送命。斯文森议员要瓦解科学理事会，而你只是其中的一个环节，很小的一个。我来这里就是为了执行这项任务。我们已经把科学理事会逼到了我们想要的境地。地球人都知道它腐败不堪，挥霍纳税人的钱，中饱私囊……”

“这是个卑鄙下流的谣言。”大块头喊叫。

“就让群众来决定吧。一旦我们揭穿科学理事会的欺骗性宣传，那些人会怎么想，我们拭目以待。”

“你试试看！试试看！”

“我们会试的，并且也会成功。而揭露的第一步就是：矿井下的你们。我知道你们为什么来这里。天狼星人！哈！大卫要么是故意唆使匹伍瑞尔讲述这样的故事，要么只是趁机利用此事。让我来告诉你们，你们来这里的真正目的。你们是在假扮天狼星人，要建立一个天狼星营地，欺骗众人。”

“‘我单独一人就赶走了天狼星人，’大卫会说，‘我，大卫，是伟大的英雄。’这些亚以太空间的说辞只是个幌子，科学理事会将偷偷地取消光明计划。他们已经榨取了所有的钱财，将戴着虚伪的面具谢幕……除非他们没有这么干，否则我要当场抓住大卫，而他和理事们都将泥足深陷，难以脱身。”

大块头气得要命。他恨不得赤手空拳与对方扭打，可他还是设法控制住了自己。他知道为什么厄忒尔要这样滔滔不绝，因为他是假装的，实际上他根本不知道那么多，他的目的是要大块头失去理智，以套出更多的实情。

大块头压低声音，试图扭转局面：“你知道吗？你这个可恶的家伙，如果有人揭穿了你，你那卑鄙渺小的灵魂就会暴露。一旦他们让你原形毕露，除了一个肮脏的皮囊，你就一无所剩，什么也不是。”

厄忒尔大喊：“够了……”

但大块头提高声音，刺耳地冲他吼了回去：“开枪啊，你这个胆小的海盗。在宴会上，你就暴露了胆小的本性。尽管你身材魁梧，可与我面对面、一对一、赤手空拳地搏斗，你又会变得胆小如鼠。”

大块头很紧张，因为他想让厄忒尔鲁莽开枪，好乘他冲动瞄准之时跳到一边。他有可能被打死，但至少还有机会……

可厄忒尔似乎只是变得更僵硬、更冷漠。

“如果你不说，我就杀了你，而我丝毫不会受影响。我会说我是为了自卫，才被迫杀了你。”

“没找到大卫，你不会开枪的。”

“他也会遇到自己的麻烦。等我了结他的时候，他的意见也毫无意义了。”厄忒尔的手稳固地握着爆能枪，“想不想逃命？”

“从你的枪下？”

“决定权在你手上。”厄忒尔冷漠地说。

大块头等待着，一言不发地等待着。与此同时，厄忒尔的手臂变得僵硬，头上的帽子微微垂了下来，好像他在瞄准一样，虽然从这么近的距离射击，他不会打偏。

大块头观察着时机，试图像大卫被明德斯瞄准的时候一样，选择一个合适的时机，自己好不顾一切地往旁边一跳，以保住性命。但明德斯用枪指着大卫的时候，有自己帮忙阻拦明德斯，可现下却没有人能帮他。而且，厄忒尔也不是惊慌失措、精神失常的明德斯。因此，即使他躲开了，厄忒尔也会笑一笑，再次瞄准。

为了这最后的逃命一跳，大块头全身的肌肉都绷紧了。对于多活五秒钟以上，他已经不抱有希望。

9

黑暗与光明

就在他身体绷紧，腿部肌肉因局部突然的收缩而抽搐的时候，耳边突然响起一声嘶哑的叫声。

他们两人依然站在原地，站在灰暗的世界里，彼此的灯光都把对方照得非常清晰。而灯光之外，什么也没有。因此，一开始，有一团东西从两人视线中闪过时，他们都没有重视它。

大块头的第一反应是：大卫！大卫回来了！他是不是以某种方式掌控了局势，扭转了局面？

但那团东西又移动了。“大卫回来了”的想法逐渐消失。

好像是矿井里岩石墙的一小块松了，在水星的低重力环境下慢吞吞地往下飘。

一根石绳不知为何很灵活地撞在厄忒尔的肩膀上，紧紧黏着他。有一根已经环绕在他的腰上，另一根慢慢地移动，缓缓降落，就好像它是一个不真实的、运动缓慢的世界的一部分。厄忒尔的手臂和胸口互相紧贴着，但当它的边缘环绕在他的手臂上，拍打覆盖在他胸前的金属材料的时候，仿佛那缓慢而看似易碎的石绳具有一条巨蟒都无法抗拒的力量。

如果说厄忒尔刚才的第一反应是吃惊，那现在就只剩下恐惧地尖叫了。

“冷！”厄忒尔声音刺耳，“它们冰冷。”

大块头的脑袋一阵眩晕，搞不清楚发生了什么。石绳已经缠绕在厄忒尔的小臂和手腕上。爆能枪的枪托被绑住了。

最后一根石绳开始往下飘。它们的外观十分像岩石，以至于直到它们从墙上掉落时，几乎都难以发现。

这些绳子相互连接，形成单一的生物体，但没有细胞核，没有“躯体”。它像是石质的章鱼，除了触手，什么都没有。

大块头灵光乍现。

他认为，这些绳子随着水星漫长岁月的进化而发展出了生命，是一种不同于地球上任何生命体的全新的生命模式，是一种只靠零星的热量就能存活的生命。

这些触手能从一个地方移动到另一个地方，寻找任何可能存在的热量。当人类刚登陆这里的时候，大块头就见过它们向水星的北极飘去。先前是这些矿井，然后是天文台为它们提供了源源不断的热量。

人体也可能是它们猎取热量的对象。人类就是个热源。偶尔可能有单独的矿工被它们困住，突如其来的寒冷和恐惧让其瘫痪，根本无法呼救。几分钟后，受害人的供电装置电量过低，无论如何都发不出无线电呼叫。不久，他就会死去，变成冰冻的尸体。

库克讲述的矿井里的恐怖死亡事件，现在看来，都能说得通了。

大块头被这突如其来的事件所震惊，僵立不动，这些想法迅速在他脑子里逐一闪过。

厄忒尔发出类似于呻吟的刺耳的喘息声："我……不能……救救我……救命……太冷了……冷……"

大块头大喊："坚持住！我来了。"

虽然片刻之前，厄忒尔差点冷血地杀了大块头，可此刻，大块头将他们是敌人的想法抛诸脑后了。这个小个子火星人只记得一件事：厄忒尔是个无助的人类，被非人类的东西控制住了。

自从人类第一次离开地球去冒险探索外太空的危险和奥秘以来，就形成了一条严格的、不成文的规定：如果人类遇到共同的敌人——来自其他世界的非人类或恐怖分子的力量——就要暂时搁置长期的敌对关系。

也许不是所有人都会遵守这条规定，可大块头会。

他一跃跳到了厄忒尔那边，拉扯着他的手臂。

厄忒尔含糊地说："救救我……"

大块头抓住仍被厄忒尔握在手中的爆能枪，努力避开缠在厄忒尔紧握的拳头上的触手。大块头无意之中发现，这条触手并非像蛇一样平滑地弯曲。它弯成了许多节，仿佛是由许多硬段连接在一起。

大块头的另一只手在厄忒尔的航天服上摸索着起重装置，短暂地和其中一条触手接触了一下，立刻条件反射性地弹开。石绳冰冷透骨，冻蚀着他的手。

他不知道这些生物是用什么方法抽走热量的，简直闻所未闻。

大块头不顾一切地猛拉爆能枪，用力掰扯、扭拧。一开始，他并没留意到那个外星生物附着在他的背上，然后……冰凉的东西黏在他身上，再也甩不开。当他想努力跳开的时候，他发现自己毫无办法，一条触手已经缠上了他。

这两人可能会合为一体，因为他们被牢固地绑在一起。

冰冷造成的身体疼痛加剧，大块头疯狂地拔着那把爆能枪。能拔出来吗？

厄忒尔的低语让他感到惊恐。"没有用……"

厄忒尔摇摇晃晃，然后在水星的低重力环境下抓着大块头慢慢倒向一侧。

大块头的身体已经麻木，失去了知觉。他几乎不知道自己是不是还抓着爆能枪。如果还抓着，是他刚才拼尽全力终于把它拔出来了，还是他在不死心地苟延残喘呢？

他的航天服的供电装置的能源被那些绳子贪婪地吸食掉的时候，灯光也随之变得昏暗。

他们很快就会被冻死了。

大卫在水星矿井里离开大块头后，来到“流星斯塔尔号”停靠的飞船库，在安静的夜色里换上了因索航天服，然后踏上了水星的地面，转身面朝着“太阳的白色幽灵”。

他一动不动地站了好几分钟，再次欣赏日冕的乳白色光芒。

他一边看着，一边漫不经心地依次将肌肉发达且匀称的四肢伸直。因索航天服比普通航天服更灵活舒适。它很轻便，给人一种似乎它根本不存在的、不同寻常的感觉。在一个明显没有空气的环境里，这很令人不安，但大卫并没有受到困扰，他认真勘测着太空。

星星就像在露天空地里看到的那样繁多和明亮，但他没太关注。他想看的是其他东西。上次他看见这样的天空，是在两天前，即两个标准地球日前。两天内，水星已经沿着轨道围绕太阳转了四十四分之一圈。也就是说，超过八度的天空已经出现在东边，而同样多的天空也消失在了西边，因此，可以看到新的星星。在这期间，金星和地球应该已经升上了地平线。

这两颗星球在地平线上。金星的位置更高一些，闪烁着钻石般明亮的白光，比在地球上看见的更亮。地球上不利于观测金星，因为金星位于太阳和地球之间，即使是在离地球最近的时候，从地球上也只能看见它背阴的那面。而在水星上，金星可以尽收眼底。

此时，金星距水星三千三百万英里。不过，金星距水星最近的时候，相距几乎不到两千万英里。那时，敏锐的眼睛可以真切地看到它像一个小小的圆盘。

即便如此，它的光芒也像日冕般明亮。从水星的地面看去，大卫觉得他可以看到两个影子从自己脚下延伸出去：一个由日冕的光芒投射而形成（比较模糊），另一个是由金星光照而形成（相对清晰）。他在想，如果在理想环境下，会不会有第三个影子——由地球光亮投射而成的影子。

就在地平线附近，他也毫不费劲地找到了地球。虽然在自己所在的那片天空里，它比其他恒星或行星都明亮，但和金星的光辉比起来，就暗淡了很多。它没有被更遥远的太阳照得那么明亮，因为云更少，因此反射的光线也更少。而且，地球与水星的距离是金星与水星距离的两倍。

然而，另一方面，地球的有趣却无与伦比。金星的光是纯白色，地球的光却是蓝绿色。

不仅如此，就在它的附近，就在地平线的边缘，地球的行星月球散发出微弱的黄光。因此，地球和月球一起在水星轨道内的天空中形成了一种独特的景象。这个双星系统，在彼此的陪伴下庄严地掠过天空，较小的卫星绕着大行星旋转，在天空的映衬下，看起来像是从一边缓慢地摆动到另一边。

大卫凝视着这幅情景，可能本不该看这么久，但他情不自禁。他的人生际遇使得他要经常远离自己的故乡（地球），所以这一刻对他来说就更加珍贵。整个银河系的亿万人类都起源于地球。其实，几乎在整个人类历史中，只有地球才是人类唯一的家园。有哪个人能做到不带感情地看向地球的那点光亮呢？

大卫强行将目光移开，摇了摇头。他还有正事要做呢。

他坚定地朝着日冕的光亮大步迈去，在低重力环境下，轻盈地从地面掠过，因为地面高低不平，所以他的双眼一直盯着眼前的地面。

他大概能预料到自己会找到什么东西，但这纯粹是猜想，还没有确切的事实证明。大卫不愿意谈论这类想法，因为有时它们只不过是种直觉。他甚至讨厌在脑中一直思索这些想法，因为这会让自己逐渐习惯这些想法，从而信以为真，拒绝接受其他可能性，这样太危险了。

他看到过这样的情况发生在兴高采烈准备行动的大块头身上。不止一次，他看到那些模糊的可能性被大块头当成了坚定的信念……

想起那个矮小、精悍的朋友，大卫温柔地笑了笑。可能这个朋友不够聪明，头脑从来都不够清醒，但他很忠诚，无所畏惧。与一支由巨人驾驶的装甲巡洋舰舰队相比，他更愿意陪在大卫的身边。

此刻，他平稳地在水星地面急速移动的时候，很想念那个脸长得像土地神一样的火星人。一定程度上，这也是为了消除他重新思索眼前这些问题时的那种不舒服感。

问题是，在很多情况下总会事与愿违。

首先，明德斯精神很紧张，情绪不稳定，缺乏自信。说真的，明德斯对他的攻击究竟是一时的疯狂，还是精心算计，他一直都不能确定。还有明德斯的朋友加德曼，是追求梦想而投身于光明计划的理想主义者，还是纯粹出于现实原因才与明德斯为伍？若是这样，他们是什么身份？

厄忒尔是造成骚乱的关键人物，他意图摧毁科学理事会，而他的主要攻击对象是明德斯。然而，无论他走到哪儿，那种傲慢的姿态自然而然会为他招来仇恨。当然，明德斯讨厌他，加德曼也讨厌他。匹伍瑞尔博士也恨他，只是更为克制，他甚至都没和大卫聊起过这个人。

在宴会上，库克畏惧和厄忒尔谈话，尽可能不往他的方向看去。这只是因为他急于避开厄忒尔犀利、尖锐的语言，还是有更具体的原因？

库克也不太尊重匹伍瑞尔。这位老人对天狼星人的成见让库克感到羞愧。

除了这些，还有一个问题有待回答：是谁损坏了大卫的因索航天服？

问题太多了。围绕这些人，大卫有条线索，但还不够牢固。他再一次避免自己聚焦于这条线索，因为他必须让自己的思维保持发散性和开放性。

地面开始向上倾斜起来，他也随之调整了步伐，以适应坡度。他全神贯注地思索，以至于爬上斜坡顶部的时候，眼前的景象出乎意料，让他激动不已。

太阳在地平线上只露出一个头，只能看到太阳边缘的日珥，很少的一部分日珥。

那些日珥是亮红色的，其中一个日珥，正中间的那部分清晰可见，是由向上和向外缓慢移动的彩带构成的。

它与水星的岩石形成鲜明的对比，没有因为大气层的遮蔽而颜色暗淡，也没有因为灰尘蒙蔽而变得朦胧，形成一种不可思议的美丽景象。火焰似乎是从水星的黑色外壳里长出来的，仿佛这颗行星的地平线是在火上，或是被困在了一座突然爆发的巨大火山的火焰中。

与水星上可能出现的任何事物相比，这些日珥是无可比拟的。大卫知道，他看到的那个日珥，大到足以一次吞没一百个地球或五千个水星。它燃烧着核能火焰，照亮了大卫和周围的一切。

他关掉航天服的灯光来观察这个景象。

那些面朝日珥的石头的表面被映红了，而剩下的岩石全都黑如煤炭，好像是有人在深不见底的坑洞上描了几笔红线。确实，这是“太阳的红色幽灵”。

大卫一只手的影子映在胸前，呈现出一小片漆黑。前面的道路愈加危险，因为这些光亮照射在每一块岩石上，会妨碍他的视线，导致他容易错误判断地表的真实状况。

大卫又打开了航天服的灯光，沿着水星地表的曲线朝着日珥前行。他每走一英里，太阳在地平线上的弧度会上升十分之一度。

也就是说，还有不到一英里的路程，太阳的主体就会露出来，而他也站在了水星的向阳面。

那时，大卫并不知道大块头就快被冻死了。他面朝着向阳面，只有一个想法：这里潜藏着危险，也隐藏着解决问题的方案。

10

向阳面

日珥显现出来得越来越多，变得更红更亮。日冕没有消失（没有大气散射日珥的亮光，遮蔽微弱的光线），但现在它已经不那么重要了。大卫知道，即便太阳上升到了水星的天空，那些星星也依然存在，也会持续存在下去。可现在，谁会关注这些？

大卫急切地稳步前行，他可以这样大步前行数小时而不感觉疲惫。在这种情境下，他感觉即使在地球，也能保持这样的步伐。

然后，毫无预警，天空中也没有预先出现任何光芒，大气层也没有给出任何暗示，太阳出现在眼前！

确切地说，太阳的这个轮廓是一根细长的线条，亮得让人难以忍受，从地平线上的一块破碎的岩石的凹槽上缓缓升起，仿佛是某个天文画家用明亮的白色勾勒出了那块灰色石头的轮廓。

大卫往身后看去，崎岖不平的地面上还映着日珥红色的光斑。但此刻，他的脚下有一缕白色，像水晶一样闪闪发光。

他继续往前走，那条光线先是变成一个小光斑，然后变得更大。

太阳的边界线清晰可见，中心刚超出地平线一点儿，柔和地往两边弯曲。对于一个在视觉上习惯了地球上的太阳曲率的人来说，这条曲线极其平坦，令人惊叹。

太阳的火焰也没有淹没那些日珥，它们就像火红的美杜莎[1]爬行在太阳的边缘。当然，这些日珥都在太阳的正上方，只有在太阳边缘的部分可见。在向阳的那面，日珥在耀眼的光芒中消失了。

现在，目之所及，到处都是日冕。

在看到这些景象的时候，大卫惊奇地发现这套因索航天服的功能发挥得非常好。

只要看一眼水星上的太阳边缘，无防护的眼睛就会失明，永久失明。这些可见光的强度不大，但大多是辐射很强的紫外

① 希腊神话中的蛇发女妖。

线，没有被大气层过滤，不仅对视力有巨大伤害，最终也会危及生命。

然而，因索航天服面板上的玻璃是按分子排列的，目的是使其透明度与光线亮度成反比。只有百分之一的太阳强光能穿透面板，所以他可以毫无危险地盯着太阳看，几乎没有任何不适感。与此同时，日冕和星星的光辉都没有衰减。

这套航天服还从其他途径保护着大卫。它的材料中含有铅和铋，因此不会使它的重量过度增加，但足以阻挡来自太阳的紫外线和 X 射线。这套航天服携带正电荷，使大部分宇宙射线偏转到了一边。水星的磁场很弱，但它离太阳很近，宇宙射线强度很大。而宇宙射线是由正电荷质子构成的，同类电荷会相互排斥。

当然，这套航天服不仅是耐高温的绝缘材质，而且表面是一种可通过触点控制激活的仿液体分子层，像镜子一样具有反射功能，保护大卫免受高温炙烤。

事实上，当考虑因索航天服的优点时，大卫就仔细思索过，综合考虑各种条件，它不是标准的保护装备，这似乎很遗憾。不过，他意识到，虽然由于缺乏金属而造成的结构弱点使得它不够实用，但首要考虑的是高温和射线防护。

现在，大卫已经在向阳面前进一英里了，还没有感觉到热量令他不适。

对此，他一点儿都不吃惊。对于那些待在家里从太空惊悚片中获取关于太空的知识的观众来说，任何没有空气的行星向阳面都仅仅是个温度持续稳定的固体。

但是大卫知道，实际上并没这么简单。温度的高低取决于太阳在天空的高度。比如，在水星上的这个地点，太阳只有一部分在地平线上，相对而言，到达地表的热量较少，而且当光线从水平方向辐射过来的时候，这些热量是分散在大片地面上的。

越进入向阳面的深处，"天气"也会随之改变，最终等太阳运行到天空高处的时候，一切就如亚以太学科里所描述的一样。

但是，这里也一直有阴影。因为没有空气，光和热都以直线传播。除了从附近反射或辐射到阴影中的一小部分以外，其他的光都无法到达阴影中，所以，那些阴影处都十分寒冷和漆黑，尽管太阳依然炽热与明亮。

大卫越来越留意这些阴影。起初，太阳刚出现在地平线上的时候，除了偶尔有几小片的光亮，地面几乎全是阴影。现在，太阳越升越高，阳光扩散开来，只有巨石和丘陵后面依然存在明显的阴影。

大卫曾一度故意跳进一个大横截面的岩石的阴影里待了一分钟，在这漫长的一分钟里，他好像又回到了背阴面。当太阳直射在他身上的时候，他几乎没察觉到它的高温，可随着高温在阴影里逐渐减弱，灼热感反而变得越来越明显。阴影四周的地面都在阳光下闪闪发亮，但在阴影内，他还需要航天服的灯光照明才能前行。

他禁不住留意起了阳光照射下的地面和阴影里的地面有何不同。在向阳面，至少水星还有点大气——虽然不是地球上的大气，没有氮、氧、二氧化碳或水蒸气。然而，在向阳面，有些地方有水银沸腾，硫黄和许多易挥发的化合物都可能是液体。这些物质的蒸气痕迹会附着在水星过热的地表上，这些蒸气会在阴影里冻结。

他用穿着绝缘服的手指在一块凸露的岩石的黑色表面擦过，拿开时却立刻被抹上了冻结成白霜的水银，在航天服的灯光下闪着光，他更确定自己刚才的想法了。随后，当他走到阳光直射的地方，这些水银很快变成了黏在手指上的液滴，慢慢蒸发消失了。

太阳似乎慢慢变得越来越热。大卫并不担心，即使温度上升到令他感觉不舒服，只要有需要，他也可以随时躲到阴影里让自己冷却下来。

也许，短波射线才是更值得考虑的问题。大卫怀疑，即使如此短暂地暴露在太阳下，短波射线也很强。水星上的工人都很恐惧射线，因为他们持续遭受了不少射线。大卫想起明德斯强调的事实：他见到那个破坏者站在太阳下。明德斯对此感到不安也是理所当然。不论什么时间暴露在太阳下，延长暴露时间都是愚蠢之举。因此，大卫希望，他自己的暴露时间能很短暂。

他越过几块黑色地面，它们与水星红灰色的地面相比，显得突兀而阴森。这种红灰色非常熟悉，因为它和火星的泥土很相似，是硅酸盐和氧化物的混合物，所以呈现淡淡的红色。

黑色的区域更让人迷惑。不管在哪里，黑色的地面都绝对更热，因为黑色吸收了更多太阳光。

他边跑边弯下腰，发现那些黑色区域里的物质并不坚固，很容易碎裂。他用手捏了一些放在戴着保护手套的手掌上，仔细观察。这种物质可能是石墨，也可能是铁或硫化铜，不过，他打赌它是某种不纯的硫化铁。

最后，他在一块岩石的阴影里停下来，认真评估。依据太阳就快完全露出地平线的事实，他估计自己在一个半小时里已经走了大约十五英里。（那一刻，比起评估距离，他更想啜饮一口航天服里储备的营养液。）

此刻，他的具体位置并不重要，因为在好几百平方英里的范围内漫无目的地寻找破坏者，非常愚蠢。

明德斯已经试过这种方法了，不管他是否碰到那个东西，都以失败告终。如果他看到的那个或那些东西真的是破坏者，那天文台的内部肯定有人给它发出了警告，因为明德斯毫不隐讳地告诉过众人，他要到向阳面去。

然而，大卫却要隐瞒众人，因为他希望那个东西不会收到警告。

他还有明德斯所没有的帮手。他把那个小测能仪从袋子里拿出来，放在凹陷的掌心中，放在航天服灯光的正下方。

一旦被激活，它红色的信号灯会在阳光下闪烁出令人难以置信的愤怒火焰。大卫担忧地笑了笑，调整着测能仪。这里有太阳的短波射线。

那抹火焰并没有出现。

然后，大卫耐心地踏入阳光里，从各个方向扫描地平线。除了太阳，哪里还有其他的核能源？当然，他发现了与天文台有关的迹象，当他将测能仪向下倾斜时，指示灯因为这个区域而变亮。天文台的发电站几乎就在地下一英里处，为了在自己所站的地方让测能仪达到最大功率，他还得向下倾斜二十度。

他慢慢地转动身体，两只手的食指小心翼翼地夹着测能仪，以免航天服的隔热材料遮挡了射线。他又转了一次，又转了第三次。

对他而言，似乎在某个特定的方向出现了极其短暂的闪光——实际上，在太阳光下，闪光几乎难以看见。也许只是自己的主观臆想而已。

他又试了一次。

果真没错！

他看向出现光亮的方向，朝着它走去。他非常清楚一个事实：自己可能只是在追踪一块放射性矿石。

再往前大约一英里，他第一次看到明德斯的那些电缆中的一条。

它有一半埋在地下，根本不是一条单独的电缆，更像一个电缆网。他跟着它走了一会儿，遇到了一块正方形的金属板，大约四英尺宽，表面光滑、明亮，像一池清澈的水，可以反射出星星。

毫无疑问，大卫心想，当他走到正确的地点时，他会发现自己可以在金属板上看到反射出的太阳光。他开始意识到金属板正在改变它的仰角，渐渐由水平变为垂直。他向其他地方看去，想要了解金属板以这种方式移动是不是为了接收阳光。

他再回头一看，非常吃惊。那块正方形金属板不再明亮，反而变得漆黑，黑得好像水星上所有的太阳光都无法将它照亮。

就在他看着的时候，那片漆黑开始颤抖、崩溃，支离破碎了。

然后，它又再次变得明亮。

他观察着它又来回变化了三次，观测的视角越变越接近垂直（因为他走得越来越近）。一开始是令人难以置信的反射，然后是一片漆黑。大卫意识到，在漆黑的这段时间里，光可能被吸收了；而在明亮的时候，它可能是在反射光亮。阶段的交替可能是完全有规律的，也可能是故意设置的不规律模式。他不能为了找出答案而逗留，而且，他所掌握的超光学装置的知识是否足以让他明白其中的奥秘，这一点还不能确定。

他推断，这样的正方形金属板有几百甚至几千块，全都由电缆线网连接在一起，都由天文台里的核能微型反应堆供电，以固定的方式从不同角度吸收和反射太阳光，可能以某种可控的方式迫使光通过超空间。

更有可能，一旦电缆被撕破或金属板被砸坏，整个模式就无法正常运行。

大卫又调试了测能仪。它变得更亮，他再次朝着指示的方向走去。

指示灯更亮了，越来越亮！不管他追踪的是什么，它的位置一直在改变。在水星的地表上，那些伽马射线并不是来源于同一个固定的点。

这意味着它不仅仅是块露出地面的放射性矿石，而是某种便携式设备。对大卫来说，这就意味着它是个人或属于人类的东西。

大卫第一次看到那个身影像个移动的斑点，在阳光照亮的地面上投影成黑点。他在大太阳下待了很久才看到这情景，当时他正准备找个阴影躲起来，好让积聚起来的高温冷却。

可现在，他却加快了步伐。他估计航天服外面的温度已经快要达到水的沸点。幸运的是，航天服里面的温度还比较低。

他认真思索：如果太阳温度过高，而且不是水平地照射，这些航天服也根本不顶用。

那个身影没有注意到他。它继续走着自己的路，步态表明它并非大卫这样善于应对低重力环境的专家。事实上，它的移动几乎可以描述为迟缓、笨拙。

它没有穿因索航天服。即使从很远的距离看去，大卫也能明显看出那是一块金属。

大卫在一块岩石的阴凉处短暂停留，虽然他还需要待久些，好让温度降得更低，可他还是强迫自己再次进入太阳底下。

那个身影似乎不受高温困扰。至少，在大卫观察期间，尽管它走了好几英尺远，却没有进入过阴影处。

大卫若有所思地点了点头。它很适应这个环境。

他加快了步伐，尽管只在太阳下待了片刻，也明显感觉到温度高得让他难受。

现在他不再紧贴地面慢跑，而是集中所有的肌肉力量大步冲了出去。

他大喊：“你！就是你！转过身来！”

他说得很专横，尽其所能，希望对方能收到他的无线电信号，以免自己的喊话沦为无声的手语。

那个身影慢慢转过来，大卫的鼻孔微张，一副冷静而满意的表情。至少到目前为止，如他所想，这个身影并不是人——根本不是人类！

11

破坏者！

这个身影很高，比大卫还高。事实上，它大约七英尺高。映入大卫眼帘的整个身体都是闪闪发光的金属，在太阳光的照射下很耀眼，在阴凉处却变成黑色。

但那片金属包裹的内部没有血肉，只有更多的金属、齿轮、管子和一个微型反应堆。这个微型反应堆为整个身体供电，也产生大卫用微型测能仪探测到的伽马射线。

它站在那里，面朝大卫，上肢巨大而畸形，两腿跨得很开。它的眼睛是两个闪着深红色光芒的光点感应器，脸的下部金属上划了一道口子——那是它的嘴巴。

它是个机器人，大卫只看了一眼，就知道它不是地球上制造的机器人。地球上已经制造出了正电子机器人，但从未制造过这样的机器人。

这个机器人的嘴没有规律地开合，似乎在说话。

大卫说："机器人，在真空里，我没法听到声音。"他语气严厉而坚定，因为他知道这对于捍卫自己作为人的尊严和取得话语的主控权很重要。"换成无线电交流。"

这一次，机器人的嘴没有动，但大卫的接收器里传来尖锐刺耳的声音，词语间的停顿很不自然。它说："先生，什么事？你在这儿干什么？"

"不要对我发问，"大卫说，"你又在这里干什么？"

机器人只会诚实作答。它说："我收到指令，需要不时地破坏某些东西。"

"谁下达的指令？"

"我奉命不能回答这个问题。"

"你的制造者是天狼星人？"

"我是在天狼星联邦的一颗行星上被制造出来的。"

大卫眉头皱了起来。这个机器人的声音令人不太舒服。他曾经有幸在实验室里看到了地球上生产的机器人。那些在地球上制造的机器人都配备了声音盒，直接通过无线电设备发声，听起来就像一个富有教养的人的声音，十分自然，令人愉快。天狼星人肯定需要在这方面进行改善。

他突然想到一个更为紧迫的问题。他说:“我必须得找个阴凉区域。跟我来。”

机器人立即回答:“我会带你到最近的阴凉处。”它开始慢跑，金属双腿没有规律地移动起来。

大卫跟在它后面。因为有它带路，他无须关注前进方向，但他故意落在后面，以观察这个机器人的步态。

从远处看，它步履蹒跚且笨拙，近看却明显是一瘸一拐，迈步时发出刺耳的声音。除了这两点不完美之处，从外表看，这是一个华丽的机械奇迹。

他清楚地意识到，这个机器人可能无法适应水星的高温和射线。它暴露在太阳下，可能已经受损。作为一名科学家，大卫为这样的遗憾而感到痛心。它如此精巧，却要面对这样的损坏，实在过于残忍。

他很钦佩这个机器人的制作工艺。厚重的铬钢颅骨下是个用海绵状铂铱金属制成的精致的卵形体，大小和人类大脑一样。在这个卵形体里，在百万分之一秒内，成千上万亿的正电子产生又消失。在这个过程中，这些正电子用一种简单的方法，按照预先计算好的路径复制人脑中的思维细胞。

工程师们已经设计出适合人类的正电子路径，并在其中设计了“机器人三定律”。

第一定律:机器人不能伤害人类或让人类受到伤害。没有什么比这更重要，也没有任何事物能取代它。

第二定律：机器人必须遵守命令，除非命令违背了第一定律。

第三定律：在遵守第一定律和第二定律的前提下，机器人可以进行自我保护。

那个机器人磕磕绊绊，就快摔倒的时候，大卫从短暂的沉思中回过神来。大卫看到，地面非常平整，没有任何凸起会磕碰到它的脚趾。如果真有，那里应该显露出一道阴影才对。

那里的地面像桌面一样平整，但机器人的步伐无缘无故地乱了，倒向一边。一阵剧烈踉跄后，它又恢复了平衡，继续朝着阴凉处走去，好似什么都没发生过一样。

大卫心想：它的运行状态可真是糟糕透了！

他们一起走入了阴凉处，大卫打开了航天服上的灯光。

他说："你破坏了必要的设备。你的行为危害了人类。"

机器人脸上毫无表情，也不可能有任何表情，声音也没有任何情感。它回答："我只是奉命行事。"

"那是第二定律。"大卫语气严肃，"如果那些命令危害人类，你也不能遵守。否则，你就违反了第一定律。"

"我没看到过任何人类，也没伤害过任何人类。"

"我告诉你，虽然你没见到人类，可你伤害了他们。"

"我没有伤害任何人类。"机器人固执而重复地回答。对此，大卫皱了皱眉。尽管它外表光鲜，但也可能不是个技术先进的产品。

机器人继续说:“我奉命避开人类。如果有人类靠近，我会收到警告，但我从没收到过这样的警告。”

大卫从阴影中凝望着闪闪发光的水星风景，大多数区域都是红灰色，但嵌入了一大片在水星上似乎很常见的易碎的黑色物质。他想起明德斯说遇到过机器人两次（他的故事现在变得很可信），但试图靠近它的时候却跟丢了。幸运的是，他独自秘密地进入向阳面，使用测能仪找到了这个机器人。

他突然强硬地发问:“是谁给你警告，让你避开人类？”

大卫根本没期盼能从机器人那儿获得答案。他觉得，机器人的大脑是机械装置，根本不会被欺骗或愚弄，就像你不能让手指在开关附近逗留，假装要按下开关，以诱使灯光自己开启一样。

那个机器人说:“我奉命不能回答这个问题。”然后慢慢地，咯吱咯吱地，好像这些话违背了它的意志一样，它说:“这个问题，我不想再回答了。太烦人了！”

大卫心想:打破第一定律会让它更烦恼。

他故意走出阴影，走进太阳照射的地方。

他问跟在身后的机器人:“你的编号是多少？”

“RL-726。”

“很好，RL-726，你知道我是人类吗？”

“知道。”

“我的装备不能抵御水星上的高温。”

“我也是。”机器人回答。

“我发现了。”想到几分钟前，机器人差点摔倒，大卫说，“尽管如此，人类的装备比起机器人还是弱很多。你明白我的意思吗？”

“明白。”

“现在，听着，我要你停止那些破坏行为，我要你告诉我是谁命令你来破坏设备的。”

“我奉命……”

“如果你不服从我的命令，”大卫大声说，“那我会一直待在阳光下，直到被热死，那你就违反了第一定律，因为你原本可以阻止我的死亡，却放任不管。”

大卫坚定地等着它回答。当然，机器人说的话无论在哪个法庭都不能作为证据，但如果它说出了他期望的答案，至少可以让他确信自己之前的思路都是对的。

可机器人却什么也没说，摇晃了起来。它的一只眼睛突然一闪一闪地开启查询功能（运行状态更糟了），然后恢复正常。它的声音起初听起来像无声的抗议，然后像喝醉酒一样含糊：“我会把你带到阴凉处。”

“我会反抗，”大卫说，“那你就会伤到我。如果你回答我的问题，我会自己回到阴凉处，那样的话，你不仅不会伤害我，还救了我。”

他们陷入一阵沉默。

大卫问：“是谁命令你来破坏设备的，你能告诉我吗？”

机器人突然往前跃进，直到离大卫不到两英尺才停下。“我跟你说过，不要再问这个问题。”

它的双手往前伸出，像是想抓住大卫，但没能完成这个动作。

大卫冷静地看着，毫不担心，因为机器人是不会伤害人类的。

但是机器人突然举起了一条有力的手臂，放在了自己的头上，看起来就像一个头痛的人一样。

头痛！

大卫突然顿悟了。天哪！他真是没有辨识之力，愚蠢至极，简直瞎了眼！

机器人的双腿、声音，还有眼睛都没有故障。这些高温怎么能损坏它呢？实际上是——必定是——它的正电子大脑受损了。这个精致又脆弱的正电子大脑已经被水星上太阳的高温和射线折磨多久了？几个月？

它的大脑肯定已经有部分损坏了。

如果它是个人类，人们肯定会说它精神崩溃了，还会说它就快疯了。

一个快疯了的机器人！是被高温和射线逼疯的！

那么，机器人三定律还能约束这个已经损坏的正电子大脑多久？

此刻，大卫站在这里，用自杀来威胁这个机器人，而濒临疯狂的机器人朝着他走去，伸出两条手臂想抓住他。

大卫让这个机器人进退两难，这样的困境可能会加速逼疯它。

大卫小心翼翼地后退。他问："你还好吧？"

机器人没有回答，加速前进。

大卫心想：如果它要打破第一定律，那必定是即将彻底崩溃。正电子大脑只有破损成碎片才会打破第一定律。

但另一方面，这个机器人已经忍耐了几个月的高温和射线，可能还能坚持几个月。

为了给自己争取更多的思考时间，他不顾一切地拖延。

他问："你头疼吗？"

"头疼？"机器人回答，"我不知道这个词的意思。"

大卫说："我觉得越来越热，我们最好退回到阴凉的地方。"他的态度缓和了一些，不再说要把自己热死。

机器人低沉的声音响起："我奉命不受任何其他命令干扰。"

大卫伸手去摸爆能枪，叹了口气。如果他被迫摧毁这个机器人，那实在太过遗憾。它是人类的杰作，理事会可以调查它的运作情况，并从中获利。如果未能获得想要的信息就将它摧毁，大卫很不情愿。

大卫说：“停在原地。”

机器人的手臂颤动着，猛然向他伸去。大卫充分利用水星的低重力环境的优势，在千钧一发之际逃开了。

如果他能够耍花招进入阴影，而这个机器人又跟着进去……

那里的凉爽可能会让这些发狂的、无序的正电子线路平静下来。它会变得更顺从，更通情达理，也许他就无须毁了它。

大卫一次次躲开机器人猛冲过来的抓捕。它的金属双腿踩踏着水星地面，黑色的砂砾四溅，然后又迅速、利落地落回地面，因为缺乏空气，所以砂砾不会悬浮在空中。机器人的追捕变得非常怪异，因为二者的步伐在真空里都变得悄无声息。

大卫变得愈加自信，而机器人的动作越发不稳。它对控制肢体的齿轮和继电器的操控本来就有缺陷，现在缺陷变得更为严重了。

然而，这个机器人显然是在尽力让他避开阴影，毫无疑问是要杀了他。

可大卫依然不愿意开枪。

他暂时停下来，机器人也跟着停了下来。他们俩面对面，相隔五步，站在黑色的硫化铁区域里。黑暗似乎更吸热，温度越来越高，大卫越来越虚弱。机器人残忍地站在大卫和阴影之间。

大卫说："让开。"说话变得艰难。

机器人说："我奉命不受任何其他命令干扰，而你正在实施干扰。"

大卫别无选择，他判断错误了。在任何情况下，他都没有怀疑过机器人三定律的有效性，可他明白得太晚，误判导致自己的生命受到了威胁，而机器人也将被摧毁。

他伤心地举起爆能枪。

几乎就在那一刻，他马上意识到自己的这个决定也是错的。他等了太久，高温已经积聚，他的身体非常虚弱，跟这个机器人一样，被损坏了。他迟缓地举起手臂，在他现在的头脑和视线中，这个机器人比之前大了一倍。

机器人变成了一个快速移动的模糊影子，而这一次大卫却十分疲惫，没法跟上它的速度。爆能枪从大卫手中被击落，飞了出去。他的手臂被一条金属手臂紧紧握住，腰也被另一条金属手臂环抱住。

即使在最理想的情况下，大卫也抵抗不了这个机器人的金属手臂的抓握，没有人能抵抗得住。此刻，他失去了抵抗的力量，只感觉到高温的灼烧。

机器人抓握得更紧了，把他像布娃娃一样往后掰。大卫头昏眼花地思索着因索航天服的结构缺陷。普通航天服或许可以抵御机器人的蛮力，因索航天服却不能。它随时可能支撑不住。

他的心中闪过一个想法：这样下去，必死无疑。于是，他不顾一切地动用所有肌肉的力量来挣脱这个疯狂的机器人的控制。

12

决斗前夕

大卫现在的困境跟几个小时前的大块头刚好相反。大块头没有被高温炙烤，而是被不断加剧的寒冷所威胁。他被石质的“绳索”紧紧捆住，就像大卫被金属机器人抓住一样。然而，有一点不同，大块头还有逃生的希望，因为他死死地拽住了厄忒尔手中的枪。

爆能枪越来越松。确切地说，它是突然被拔了出来，大块头失去知觉的手指差点没握住。

“天哪！”他嘀咕着，紧握不放。

只要他搞清楚这些触手的弱点在哪儿，只要他避开自己和厄忒尔，开枪击中这些触手的任何部位，他面对的问题就会变得简单。事实上，对他而言，这也是孤注一掷的冒险，一场结果不太乐观的冒险。

他的大拇指笨拙地按着强度控制键，让它越来越低。他开始昏昏欲睡，这可是个坏兆头。他已经有几分钟没有听到厄忒尔发出任何声音了，厄忒尔似乎没有了生命迹象。

他终于把强度降到了最低值。还有一件事，他必须得做：握住爆能枪，用食指扣动扳机。

还够不到扳机！他必须握住爆能枪。

他的食指终于够到了扳机的位置，用力扣动。

他从枪口处网格的暗红色亮光能看出，爆能枪的温度开始升高。这对网格可不是好事，毕竟爆能枪不是设计来当热能射线枪使用的，而是用来深入地进行太空探险的。

大块头用仅剩的力量，竭尽所能将爆能枪扔向远处。

那一刻，他觉得现实世界似乎摇曳起来，自己仿佛就要失去知觉。

然后，他第一次感受到温暖，一股热量从正在运作的动力组件中传入他的身体，他高兴又虚弱地喊叫出来。这股热量足以证明，这些热量不会再被那些贪婪的吸热触手吸走了。

他挥动双臂，抬起一条腿，手脚都自由了。那些触手不见了。

航天服的灯光变得更亮了，他清楚地看到自己将爆能枪扔去的那个地方，却没见到爆能枪。而那个地方，缠绕在一起的灰色触手正缓慢地移动着。

大块头摇摇晃晃地走过去，夺过厄忒尔那把爆能枪，将它设定到最低值，扔向他之前扔去的方向。如果第一把枪的热量被吸干，第二把枪就可以吸引那些生物的注意力。

大块头急切地大喊：“嘿，厄忒尔，听见我说话了吗？”

毫无回应。

他用尽全力将穿着航天服的厄忒尔拖走。厄忒尔的航天服发出微光，上面的计量表显示电量还有剩余。那么，航天服内部的温度应该很快就会恢复正常。

大块头没有别的办法，只得向天文台呼救。因为，他们的身体很虚弱，能量供应也很低，如果再遇上其他水星生物，他们就会丧命。而且，他还得设法为大卫保密。

救援人员很快就来了，快得令人吃惊。

他喝了两杯咖啡，吃了顿热腾腾的饭，房间里灯光明亮、温暖，他的身心迅速恢复过来，刚刚的恐惧感被压制了下去。那可是段讨厌的回忆。

匹伍瑞尔博士徘徊在他周围，像个焦虑的母亲，又像个紧张不安的老人。他铁灰色的头发杂乱不堪。“大块头，你确定自己已经完全恢复，没有任何不适？”

“我感觉很好，从没这么好过。”大块头坚定地回答，“博士，我想知道的是，厄忒尔怎么样了？”

“显然，他也会好转过来。”这个天文学家的声音变得冷淡，“加德曼医生已经给他做了检查，报告显示他的情况良好。”

“好。”大块头心满意足地回答。

匹伍瑞尔博士有些吃惊：“你在关心他？”

“当然，我有很多计划要实施在他身上。”

汉利·库克进入房间，激动得几乎颤抖。“我们派遣了一些人员到矿井里，看看能否抓到这种生物。这些人带了电热垫，就像用鱼饵诱鱼一样，引诱它们。”他转向大块头：“你们能摆脱它们真是幸运。”

大块头提高了嗓门儿，似乎很气愤：“不是我们运气好，是我头脑灵活。我猜，它们是在追寻最热的东西，这是它们最喜欢的能源类型，所以我将爆能枪扔出去，引开了它们。”

匹伍瑞尔博士离开了，库克留了下来，谈论起那些生物。他来回踱步，滔滔不绝地讲述他的推测。“你想一想！有关矿井中冻死人的古老传说是真的。千真万确！好好想想！岩石触手就像吸热海绵，只要接触到，就会被吸干热量。大块头，你相信这些描述吗？”

“当然，我深信不疑。等你抓到一条的时候，自己验证吧。”

“多么惊人的发现！”

“为什么之前没人发现它们？”大块头问。

“据你所言，它们用一种保护性拟态伪装与环境融为一体。而且，它们只袭击落单的人。”他说得更快了，修长的手指缠绕在一起，“可能它们具有某种本能、某种基本的智力，所以它们隐蔽起来，消失在人们的视线中。我很确信，就是这种智力，才让它们能远离我们。它们知道只有隐蔽的秘密行动才安全，所以只攻击离队脱群的单个人。而且，这三十年来，再也没人出现在矿井里。它们宝贵而独特的热量核心已经消失，但它们一直抵制着对热量的渴望，没有去攻击天文台。当人们终于再一次出现在矿井里，热量的诱惑就变得特别强烈。因此，即使出现的是两个人，并非落单的个人，其中一个生物还是发起了进攻。对它们来说，这很致命，因为它们暴露了。”

“如果它们想要热量，而且具有智力，为什么不去向阳面呢？”大块头追问。

“可能那儿太热了。”库克立即回答。

“可它们拿走了炽热的爆能枪。”

“可能因为向阳面充满了猛烈的射线，它们难以适应。或者，向阳面也有另一种这样的生物。我们怎么知道呢？也许背阴面的这些生物以放射性矿石和日冕的热量为生。”

大块头耸了耸肩。他发现这些推测毫无用处。

而且，库克好像也改变了思路。他沉思着，盯着大块头，一根手指有节奏地摩擦着下巴。“所以你救了厄忒尔。”

“没错。”

“好吧，也许这是件好事。如果厄忒尔死了，人们可能会怪罪你。斯文森议员会迁怒于你、大卫以及科学理事会。无论你给出什么样的解释，但厄忒尔死的时候你在场，这对斯文森而言已经足够给你定罪了。”

“听我说，”大块头心神不安地移动，“我什么时候能去看厄忒尔？”

“得等到加德曼医生说你可以去的时候。”

“那就连线他，告诉他我可以去看厄忒尔了。”

库克更加若有所思地看着这个小个子火星人：“你想做什么？”

大块头要对决斗现场的重力装置做些特殊安排，所以将计划的一部分告诉了库克。

加德曼医生打开门，点头示意大块头进来。“你可以跟他单独说话。”他悄声说，“我不想和他待在一起。”

他走了出去，大块头和厄忒尔再一次彼此单独面对对方。

尽管乔纳森 · 厄忒尔脸上有些胡茬，但依然掩盖不了那抹苍白。那抹苍白就是泄露他痛苦的唯一迹象。他粗鲁地咧嘴笑了:“如果你只是来看看我情况如何，那我完好无损。”

“我是来看看你，也要问你一个问题。你还会满口胡言说大卫在矿井里建了一个假基地吗？”

“我正打算证实这件事。”

“你这个坏家伙，你明知道这是谣言，你甚至会伪造证据。我虽然不指望你跪下来感谢我对你的救命之恩……”

“等等，”厄忒尔的脸变红了，“我只记得那东西出其不意地先抓住我，那是意外。之后发生了什么，我一无所知，所以你所说的对我毫无意义。”

大块头愤怒地尖叫起来:“你这个太空垃圾，是你大声呼救的！”

“你有什么证据？我什么都不记得了。”

“你以为你是怎么逃脱的？”

“我不想做任何假设。也许是那里根本没有任何东西，也许我是被落石砸晕了。如果你来这里是希望我感激地在你肩膀上哭泣，答应放过你那贪污渎职的朋友，恐怕你要失望了。如果没有其他事，那就再见吧。”

大块头说:“你忘了一些事。你刚才可是要杀了我。”

“你有什么证据？我已经很生气了，如果你再不出去，我就要赶你走了，小矮子。”

大块头异常平静。“厄忒尔，我要和你做个交易。就因为你比我重那么一磅[①]半磅，比我高那么一寸半寸，你就对我进行各种威胁，而我唯一挑战你的那次，你卑躬屈膝，谄媚奉承。”

“别忘了，你是用军刀袭击，而我手无寸铁。”

“你太胆小了。现在大家都没有武器，你可以跟我恶战一场，还是说你太虚弱了，没法应战？”

“对抗你，太虚弱？即便在医院躺上两年，跟你打也足够了。”

“那就战斗吧。让大家做见证！我们可以在电力室的空地决斗。我已经让汉利·库克安排好了。”

“库克一定会恨你。匹伍瑞尔对这有什么看法？”

“没人告诉他，而且库克也不恨我。”

“他大概迫切地想要你死。我不会让他如愿的。为什么我要和一个柔弱无骨的矮子决斗？”

“胆怯了？”

“我是问为什么，你说你想要跟我做笔交易。”

“没错。如果你赢了，矿井里发生的事，确确实实发生的事，我只字不提。如果我赢了，你就别再找科学理事会的麻烦。”

① 1 磅约合 0.45 公斤。

“筹码不够达成交易。我为什么要担心你说出我的事情？”

“你不会是怕失败吧？”

“空地见！”这声叫喊足以回答。

大块头问：“好，然后呢？”

“你一定认为我是个傻子。如果我在众人见证下和你决斗，就会被看作杀人犯。因为，我只需要一根手指就能压碎你。想要自杀，你还是找其他办法吧。”

“好。你比我重多少？”

“一百磅。”厄忒尔语气轻蔑。

“听着！”大块头尖叫，他的脸因愤怒而扭曲，“你是比我多一百磅肥肉。我们在水星的低重力环境下决斗吧。这会让你的体重优势减少为四十磅，但你依然还有惯性优势。公平吗？”

厄忒尔说：“我会一下子捏碎你，只是为了把你悲惨小脸上的那张大嘴封住。”

“你有机会做到。成交吗？”

“成交。我努力不杀你，但也只能尽力而为。决斗可是你提出来的，是你求我的。”

“好。我们现在就去，走吧。”他很急切，边说边跳脚，拳头也随着脚步像鸟儿一样快速挥动。事实上，他非常渴望进行这场决斗，以至于他根本没有分心想起大卫，也没有预感到会发生什么灾难。大块头不知道，不久前大卫进行的那场决斗，比他现在提议的这场更致命。

电力室里有些巨大的发电机和重型设备，但也有宽阔的空间，适合聚集人员。这是天文台最古老的地方。在最开始的那段岁月里，甚至在水星土地上建起任何矿井之前，最早的那批建筑工程师就睡在发电机之间的帆布床上。

即便如今，这里还是偶尔会开展娱乐活动。

此刻，人群在里面围成一个圈，库克和五六个技术人员站在边上。

“只有这些人？”大块头问。

库克回答：“明德斯和他的人去向阳面了。另有十人去矿井里寻找袭击你们的石绳了。剩下的人大多都各自在仪器前忙活。”他看着厄忒尔，担忧地问：“大块头，你知道你在做什么吗？”

厄忒尔光着上半身，胸口和肩膀毛发浓密，带着即将决斗的快感放松肌肉。

大块头冷漠地看向厄忒尔。“重力值设定好了吗？”

“我们一收到信号，就会关闭控制系统。我已经操控了那些控制开关，以免天文台其他的房间受影响。厄忒尔同意了吗？”

“当然。”大块头笑了，“伙计，我们已经谈好了。”

“但愿如此。”库克很热切。

厄忒尔大喊："我们什么时候开始？"然后环视那一小群围观者，问，"谁赌这个像猴子一样的矮子赢？"

"没人赌他赢。"那个技术员回答。

"准备好了吗？"库克大喊。

"我好了。"厄忒尔说。

库克舔了舔自己苍白的双唇，轻点了一下重力总开关。发电机低沉的嗡嗡声在音调上发生了变化。

随着重力突然降低，大块头摇晃起来，其他人也是如此。他蹒跚了一下，但很快就恢复，小心翼翼地走到空地中间。他没有举起双臂，只是站在那里，摆出一副完全放松的架势。

"小虫子，开始吧。"他说。

13

决斗结果

大块头轻移双腿，迈着缓慢、优雅的步伐，仿佛是站在弹簧上一样。

从某种程度来说，他确实是像站在弹簧上。此时，水星表面的重力几乎和火星表面的一模一样，他非常熟悉。他那双冷静的灰色眼睛敏锐地注视着厄忒尔，留意着他身体的每一次晃动和因努力保持直立而导致的肌肉痉挛。

一个人在不熟悉的重力环境里努力保持平衡的时候，难免会判断错误。

大块头突然移动，双脚交替，跳来跳去，动作断断续续，犹如舞蹈般令人眼花缭乱。

“这是干什么？”厄忒尔恼怒地咆哮，“火星人跳华尔兹？”

“差不多吧。”大块头回答。他一条胳膊往外猛摆，砰的一声，光秃秃的指关节重重地击打在厄忒尔身上，那个大个子被震得摇摇晃晃。

围观人群倒抽一口气，有个人大喊：“小子，干得好！”

大块头站在原地，双手叉腰，等着厄忒尔恢复平衡。

厄忒尔确实在五秒内恢复了平衡，但他被击中的地方红肿了一小片，两边颧骨上都各有一片颜色相似但更为愤怒的红晕。

他猛地伸出右臂，手掌半开，好像一巴掌就足以把这只蜇人的小虫子永远甩开。

但接连而来的攻击让厄忒尔的动作变得缓慢而吃力。大块头判断精准，身体十分协调，不断闪避，总是躲闪到一英尺以外。厄忒尔努力阻止大块头的追打，结果反而让自己疯狂摇晃，回到大块头身边。

大块头一只脚踢向厄忒尔的屁股，轻轻一踢。反作用力让他轻易地弹回另一只脚所在的位置，厄忒尔却脸朝下缓慢而诡异地往前栽去。

边上的人群爆发出一阵笑声。

一名观众大喊：“厄忒尔，我改变主意了。我赌小个子赢！”

厄忒尔对此毫无反应。他再次站稳，面对着大块头，一滴黏糊的口水从他的嘴角顺着下巴流下来。

“升高重力加速度值！”他沙哑地咆哮，“恢复到正常值！”

“怎么了？”大块头嘲弄他，“你有四十磅的体重优势，还不够吗？”

“我要杀了你！我要杀了你！”厄忒尔大喊。

“来啊！”大块头张开双臂，嘲讽地向他表示欢迎。

厄忒尔完全失去了理智。他围着大块头跳来跳去，动作有些笨拙。他说：“臭小子，我的双腿会重获重力，一旦我抓到你身体的任何地方，就会把它撕扯下来。”

“那你就试试看吧。”

围观的人群陷入一阵不安的沉默。厄忒尔就像个弯腰的木桶，两臂伸开，两腿叉开。他紧跟着重力变化的节奏，努力保持平衡。

相比之下，大块头犹如一根纤细的植物茎秆。他像舞蹈家一样优雅又自信，尽管他看起来矮小得可怜。

大块头似乎镇定自如。他突然双脚跺地，往前跳跃，将自己高高射入空中。当厄忒尔扑上来捕捉他那不断上升的身躯时，大块头抬起双脚，趁对方还没来得及转身，就落在了他的身后。

观众发出一阵热烈的掌声，大块头咧嘴笑了。

他像跳芭蕾舞一样单脚足尖旋转，躲闪到厄忒尔威胁着他的一条巨臂下面，伸出一只手猛地压向对手的二头肌。

厄忒尔忍住没有叫出来，又迅速转过身来。

对于这些哗众取宠的挑衅，厄忒尔平静得可怕。而另一边，为了让厄忒尔发狂而失去平衡，大块头千方百计地嘲讽和刺激他。

摇摇晃晃地前进，快速猛烈的击打，对厄忒尔而言都是刺激。

但这个小个子火星人逐渐对厄忒尔产生了一种新的顾虑。这家伙十分狡猾，他就像一只大熊，坚守自己的阵地，阻挡猎狗的进攻。而大块头就是那只猎狗，只能在外围盘旋、猛咬、嘶叫和躲开熊爪。

厄忒尔甚至看起来就像一只熊：身形魁梧，全身毛发浓密，一双小眼睛布满血丝，长着一张下颌宽厚、满是胡茬的脸。

“伙计，跟我打啊。”大块头嘲笑他，“只有我在给看客们表演。”

厄忒尔摇了摇头，说：“靠近一点儿。”

“好。”大块头轻松回答，猛冲过去。他动作敏捷，击中了厄忒尔的下巴，然后以同样的动作从厄忒尔的腋下躲开。

厄忒尔的手刚伸出去一半，但为时已晚，所以没有做完剩下的动作，有些摇晃。他说：“再来一次。”

大块头又试了一次。这一次，他在厄忒尔的另一条胳膊下弯曲了身体，小小地鞠了一躬作为结束动作，接受观众的欢呼。

“再来。”厄忒尔粗声粗气地说。

“好。”大块头猛冲过去。

这一次，厄忒尔完全做好了准备。他的头和双臂都没动，但右腿快速向前移动。

大块头在半空中想加快速度，但没能做到。他的脚踝被厄忒尔的鞋子野蛮地踩住。因为被重重压住，大块头大叫起来。

厄忒尔动作迅速，却因惯性往前倒去，而大块头不顾一切快速地挤推他的后背，加快了他倒下的速度。

这一次，厄忒尔更加适应了高重力环境，没有被推得很远，而且很快就恢复了平衡。与此同时，大块头的脚踝火辣辣地疼，动作十分笨拙。

厄忒尔狂暴地大叫一声，而大块头绕着自己完好无损的那只脚旋转，但动作还是不够快。他右边的肩膀被一只肥如火腿的手抓住，右手肘被另一只手抓住。他们俩都跪了下来。

观众群里几乎齐声发出叹息。库克脸色苍白，大喊“不要打了”，声音低沉而沙哑，根本没人听见。

厄忒尔站起来，牢牢抓着大块头，将他举起来，好像这个火星人轻如一片羽毛一样。大块头的脸因痛苦而拧作一团，剧烈地扭动身体以找到落脚点，好让自己站稳。

厄忒尔贴着这个小个子的耳朵低声说：“你以为自己很聪明，耍花招骗我在低重力环境里和你决斗。现在你还这么认为吗？”

大块头没有浪费时间去思考。他必须得至少有一只脚站在地上……或站在厄忒尔的膝盖上。他将右脚暂时踩在厄忒尔的膝盖上，他只有这样做才能让自己站稳。

大块头用力往下压，身体猛地后仰。

厄忒尔摇晃着前进。对他来说，这并不危险，但他的肌肉在低重力环境下失去了平衡，为了站直，他往后摇晃。大块头就是希望厄忒尔这么做，他调整重心，用力往前一推。

厄忒尔突然倒下，观众完全没看清是怎么回事。大块头差点就挣脱了。

大块头像只猫一样站着，右臂依然被抓着。他把左臂压在厄忒尔的手腕上，膝盖猛地抬高，挤压着对方的胳膊肘。

厄忒尔号叫了一声，在转换姿势，防止胳膊被压伤的时候，他抓着大块头的手放松了。

大块头就像点了火的喷气式飞船一样，快速抓住机会。他在紧握着厄忒尔手腕的同时，被抓住的那只手也完全挣脱出来。他用重获自由的那只手往下抓住厄忒尔的大臂。现在，他两只手都紧紧抓住厄忒尔的左臂了。

厄忒尔挣扎着站起来。这时，大块头弯下腰，背部肌肉努力下弯，压在厄忒尔身上，却被站起来的厄忒尔拱了起来。

大块头被举起来，他紧紧抓住厄忒尔，后者庞大的身躯也缓慢地远离地面，令人印象深刻地展示了低重力环境下会产生的效果。

大块头的肌肉就快被撕裂了，他突然将厄忒尔不断上升的躯体向上迅速一提，然后放开了，看着他沿着一条抛物线缓慢坠落，以地球上的标准来看，这动作慢得出奇。

所有人都注视着这一幕，都被重力环境的变化所吸引。重力突然因爆能枪开枪时的力量和速度而变成了完全的地球重力值。大块头双膝跪地，扭伤的脚踝很疼。观众们也纷纷倒下，因痛苦和惊讶而齐声发出尖叫。

大块头只瞥见厄忒尔出了事：重力环境的改变使厄忒尔几乎从抛物线的最高点突然加速往下坠落，他的头撞在一个发电机的保护支柱上，发出剧烈的碰撞声。

大块头费力地站起来，摇晃着糊涂不清的脑袋，试图找回理智。他步履蹒跚，发现厄忒尔了无生气地躺在地上，四肢散开，而库克跪在他的身旁。

“怎么回事？”大块头大喊，“重力环境是怎么回事？”

其余人也重复着同样的问题。大块头目之所及，只有库克一人站了起来，只有他在思考。

库克说：“别管重力环境了。厄忒尔出事了。”

“他受伤了？”有人大喊。

“不仅如此，”库克从跪坐的地方站了起来，“我很确定，他死了。”

他们艰难地围到厄忒尔的尸体周围。

大块头说："最好让加德曼医生来看一下。"他几乎都没听到自己说的话。他突然有了个好主意。

"大块头，你杀了他，"库克说，"你惹上麻烦了。"

"是重力环境的改变杀死他的。"大块头反驳。

"这可解释不通，是你把他扔下来的。"

大块头说："不用担心。所有麻烦，我来解决。"

库克舔了舔嘴唇，看向一边："我去叫加德曼过来。"

五分钟后，加德曼来了，快速做完检查，证实库克的判断确实无误。

这位医生站起来，用手帕擦拭双手，郑重宣布："死了，颅骨断裂。怎么回事？"

立即有几个人回答，但库克挥手让他们安静。他说："一对死对头，大块头和厄忒尔决斗……"

"大块头和厄忒尔决斗！"加德曼发飙了，"谁准许的？你们疯了，以为大块头能打得赢？"

"易如反掌。"大块头说，"我完好无损。"

库克气愤地说："没错，加德曼医生，死的是厄忒尔。是大块头坚持要决斗的。大块头，你承认吗？"

"这一切，我都承认。"大块头说，"但我也说过，是在水星重力加速度值下决斗。”

加德曼医生双眼瞪得溜圆。“在水星重力加速度值下？在这里？”

他低头看着自己的双脚，似乎想知道自己的感觉是否欺骗了自己，但他确实觉得自己轻了一些。

“现在已经不是水星的重力加速度值了。”大块头说，“因为在关键时刻，人工重力场突然变成了完全的地球重力加速度值。砰的一声，就像这样！这才是厄忒尔的死因，你们所说的都不是真正的死因。”

“人工重力场怎么会变成完全的地球重力加速度值？”加德曼问。

人群陷入一片沉默。

库克无力地解释：“可能是暂时的……”

“胡说！”大块头说，“操纵杆已经被拉了上去。它不会自己移动的。”

人群又陷入一阵令人不安的沉默。

一名技术人员清了清嗓子，说：“可能在打斗最精彩的时候，有人走到开关旁边，无意间用肩膀把它推了上去。”

其他人都急切地附和。其中一人说：“天哪！事实就是如此。”

库克说：“我必须向科学理事会汇报整个事故。大块头……”

“好吧，”那个小个子火星人很平静，“我是不是要因为过失杀人而被逮捕了？”

“不……一定。”库克很不确定，“我不会逮捕你，但我必须向上级汇报，可能最终你也会被捕。”

“嗯，好吧，谢谢你的警告。”大块头发现自己从矿井回来后第一次想到了大卫。他觉得，等大卫回来的时候，还有这个小麻烦等着他解决。

然而，这个小个子火星人也有种奇怪的兴奋感，因为他确信自己会摆脱困境……并能在这个过程中向大卫证明一些事情。

一个新的声音响起：“大块头！”

所有人往上看去。匹伍瑞尔正从斜坡高处往下走来。“天哪，大块头，你在下面吗？库克也在？”然后他怒气冲冲地问，“怎么回事？”

所有人似乎都不敢说话。这位年老的宇航员的目光落在了厄忒尔平躺的尸体上，有些吃惊地问：“他死了？”

令大块头吃惊的是，匹伍瑞尔对此似乎不感兴趣。他甚至没等别人给出答案，就转向了大块头。

他问：“大卫在哪里？”

大块头张开嘴，却什么都没说。最终，他只得弱弱地反问：“你问这个干什么？”

“他还在矿井里？”

“呃……”

“还是去了向阳面？”

“呃……”

“天哪，伙计，他在向阳面？”

大块头问：“我想知道，你问这个干什么？”

匹伍瑞尔很不耐烦：“明德斯开着飞船去埋了电缆的区域巡逻了。有时，他要去巡逻。”

“所以呢？”

“他说他看见大卫去了那里，所以要么是明德斯发疯了，要么他说的是真的。”

“哪里？”大块头马上大喊。

匹伍瑞尔博士紧闭双唇，不以为意。“那么，他确实是在那儿，再明显不过了。好吧，你的朋友大卫似乎招惹了一个机器人……”

“机器人！”

“据明德斯所说，它并非从外太空登陆水星，而是本来就在那儿等着送走一批人。大卫死了！”

14

审判前夕

当大卫弯着腰被机器人无情地抓住的那一刻，他期待死亡，可死亡没有立刻到来，他心中突然燃起了微弱的希望。

因为这个机器人深受折磨的大脑中根植着不能杀死人类的思想，它会不会发现自己即使面对这样的情况，也无法真正采取行动？

随后，他认为这不可能，因为他感觉到机器人抓握的力度在平稳增大。

他用尽全力大喊：“放开我！”他把那只没被握住的手从黑色尘垢中举起来。他只有一次机会，唯一的机会，宝贵至极的机会。

他把手抬高，按在机器人头顶。他被死死箍紧在机器人胸口，不能转身去看。他的手掌在机器人的头盖骨光滑的金属表面打滑两次，三次，四次。他移开了手掌。

他什么都做不了。

然后……是他出现了幻觉，还是机器人的抓握真的松开了？水星上的幸运之神最终站在了自己这边？

“机器人！”他大喊。

那个机器人发出一个声音，但好像只是锈蚀的齿轮相互摩擦的声音。

它的抓握正在变松。现在是时候再次喊出机器人法则来促使机器人放开他了。

大卫气喘吁吁地说：“你不能伤害人类。”

机器人迟疑不决地说：“我不能……”它毫无预警地倒在了地上。

它的抓握保持不变，像死尸一般僵硬。

大卫说：“松开。”

机器人痉挛着松开了一些，没有完全松开，但大卫的双腿已经自由，头也能活动了。

他问：“谁命令你来摧毁设备？”

他不再惧怕机器人会野蛮地回应这个问题。他知道，它的正电子大脑已经被他搞得彻底崩溃了，但在彻底解体前的最后这段时间，也许第二定律对残缺不全的剩余部分还能起到作用。他重复道:“谁命令你来摧毁设备？”

机器人声音含糊:“嗯……嗯……”然后，令人发狂的是，无线电联络中断了，机器人的嘴又开合了两次，似乎最终它试图用正常的声音交谈。

然后，它什么反应都没了。

那个机器人死了。

尽管生死关头已经过去，可大卫自己的头脑也开始眩晕和失去意识。他没有力气将机器人的四肢完全从自己身体上推开。他的无线电装置在他被机器人紧紧抱住的时候被压得粉碎。

他知道，他首先要做的是恢复体力。也就是说，他必须迅速避开水星上大太阳的直接射线，这意味着，他必须到达最近的山脊的阴影里，就是他和机器人决斗的时候没能到达的那片阴影。

他费力地加快双腿的速度。他拖曳着机器人，费劲地朝着山脊的阴影慢慢走去，一步又一步地前进。这个过程似乎会永远持续下去，他身边的整个宇宙都在闪着光芒。

一步，又一步。

这个机器人像是有千斤重，大卫的双腿无力，几乎没有知觉。

即使在水星的低重力环境下，他的力气也在变小，这项任务看起来难以完成，纯粹是意志力在驱使他坚持走下去。

他的脑袋先进入了阴影里。光亮消失了。他气喘吁吁等待着，然后用尽全力抬起腿，似乎腿部肌肉都快被撕裂了，向前走去，再走去。

最终，他完全走入阴影里。机器人的一条腿还露在阳光下，从各个方向反射阳光。他往后头看了一眼，虽然头昏眼花，但还是注意到了这一点，然后他放心地失去了意识。

过了一段时间，他才恢复知觉。

然后，又过了一会儿，他感觉自己静静躺在一张柔软的床上，努力回想晕倒后的事情。他的记忆里有些支离破碎的画面：人们靠近，他模糊记得自己被抬到飞船里，大块头担忧地尖声呼喊。然后，他清晰地记起医生对他进行了救援。

这之后的记忆又是一片空白，然后他敏锐地记起匹伍瑞尔博士用威严的声音温和地问他问题。他记得自己连贯地回答了问题，所以那时，最痛苦的经历一定已经熬过去了。他睁开双眼。

加德曼医生严肃阴沉地看着他，手里拿着注射器。“你感觉怎么样？”他问。

大卫笑了笑。“我应该有什么感觉？”

“我觉得，经历这一切后，你应该已经死了。可你体质非凡，活了下来。”

大块头一开始只能在大卫的视线边缘焦急地徘徊，现在完全走进他的视线里。“别感激明德斯。他发现那个机器人的腿后，那个笨蛋为什么不直接将大卫救出来？他在等什么？他离开了，是故意要害死大卫？”

加德曼医生放下注射器，清洗双手。他背对着大块头说：“明德斯以为大卫已经死了。他唯一的想法就是离开，免得有人指控他是凶手，因为他知道，他曾试图杀死大卫，而大家都记得这件事。”

“这一次，他怎么能这么想？那个机器人……”

“这段时间，明德斯的压力不大，头脑还算清醒。他呼救了，能这么做已经很好了。”

大卫说：“大块头，别着急。我没有危险。我只是在阴凉处睡了一觉，现在什么事也没有。加德曼，那个机器人呢？被你们抢救过来了吗？”

“我们把它带回了天文台。可它的脑袋不见了，不能进行研究。”

“太遗憾了！”大卫说。

医生提高了声音：“好了，大块头，走吧，让他睡一下。”

“嘿……”大块头很愤怒。

大卫立即说：“加德曼，没关系。事实上，我也想私下和他聊一聊。”

加德曼医生犹豫了片刻，然后耸了耸肩。“你需要睡一觉，但我会给你半个小时的交谈时间。然后他就必须离开。”

“一言为定。”

等到只有他们两人的时候，大块头抓着大卫的一边肩膀，猛烈地摇晃。他用一种令人窒息的声音说：“你这个傻瓜！如果高温没有及时损坏那个机器人……就像在亚以太里……”

大卫苦笑起来。“大块头，这并非巧合。”他说，“如果我在等一个亚以太结局，那我会死的。我得耍花招欺骗那个机器人。”

“怎么做？”

“它的大脑被磨得很亮，反射了大部分太阳的射线。也就是说，这个正电子大脑的温度高到可以摧毁其理智，但还不足以完全阻止它的行为。幸运的是，那儿附近的一部分水星土地是由松散的黑色物质构成的。我成功地将一些土撒在了它的头上。”

“有什么用处？”

“大块头，黑色吸热，但不会反射。机器人大脑的温度迅速升高，立即就死了。但它离我很近……算了，不说这些了。我离开后，发生了什么事？”

“什么事？哇！你听着！”大卫听着大块头讲述，随着故事的展开，他的表情也越来越严肃。

等到听完，他愤怒地皱眉："你为什么和厄忒尔决斗？愚蠢！"

"大卫，"大块头很愤怒，"这是策略！你总说我很鲁莽，不相信我会做出什么聪明的事。这就是个聪明的主意。我知道在低重力环境下，我能赢他……"

"但看起来你并没打赢，你的脚踝绑着绷带。"

"我滑了一下，是意外。我确实赢了。我们达成了交易。他撒的那些谎对科学理事会的损害很大，如果我赢了，他就不再胡言乱语。"

"他的话也能信？"

"嗯……"大块头开始困惑。

大卫继续说："你说，你救了他的命。他一定也知道，但这却不足以说服他放弃他的目的。你以为，他打输后就会放弃了？"

"嗯……"大块头又疑惑了。

"尤其是他输了，就会因为在众人面前落败而愤怒……大块头，我告诉你，你这么做，是因为你想揍他，报复他取笑你。你说跟他做交易是给自己找个借口，好打败他。我说得对吗？"

"哎呀，大卫！天哪……"

"难道我说错了？"

"我想达成交易……"

"可你的主要目的是和他决斗，现在看看你搞的烂摊子。"

大块头垂下双眼。“我很抱歉。”

大卫的语气立刻温和了。“哦，了不起的大块头，我没生你的气。其实我是气我自己。我错误判断了那个机器人，因为自己思虑不周，差点送了命。我看到它出了故障，都没将高温和它的正电子大脑联想到一起，直到……算了，就当作是给未来的一个警示吧。不过，我们还是先忘掉这件事。现在，问题的关键是，怎么处理厄忒尔的事情。”

大块头马上恢复了精神。“不管怎样，”他说，“这家伙已经没法威胁我们了。”

“他是不能了。”大卫说，“可斯文森议员呢？”

“嗯。”

“我们怎么解释？科学理事会被调查，而与理事会关系亲近之人——几乎可以算是一名理事会成员——挑起了打斗，而调查员死了。事情对我们不利。”

“这是意外。人工重力场……”

“这帮不了我们。我必须向匹伍瑞尔博士解释……”

大块头脸红了，急忙说：“他只是个老家伙，不在意这件事。”

大卫用一只手肘撑着身体：“他不在意，什么意思？”

“他根本不在意。”大块头言辞激烈，“他进来看见厄忒尔的尸体躺在地上，只问了句：‘他死了？’就什么都没再说，仅此而已。”

“仅此而已？”

“仅此而已。然后他问你在哪里，说明德斯呼救说你被机器人杀死了。”

大卫抬眼看着大块头：“就这些？”

“就这些。”大块头心神不安。

“之后又发生了什么？继续说，大块头。你不想让我跟匹伍瑞尔博士说话，为什么？”

大块头看向别处。

“说下去，大块头。”

“嗯，我在筹划一些事情。”

“筹划事情?！”

“匹伍瑞尔说这是谋杀，这事会在地球上引起动荡。他说我们得承担责任。”

“好吧。什么时候审讯？”

“大卫，我不想告诉你。加德曼医生说你不能太激动。”

“大块头，别婆婆妈妈的。什么时候审讯？”

“明天下午两点，银河系标准时间。大卫，不必担心。”

大卫说：“喊加德曼进来。”

“为什么？”

“照我说的做。”

大块头出了门，带着加德曼医生一起回来。

大卫说："明天下午两点，我应该可以起床了吧？"

加德曼医生犹豫了："我觉得，你得休息更久。"

"我不关心你的想法。起床不会要了我的命，对吧？"

"斯塔尔先生，你现在立即起床，也没有生命危险。"加德曼医生很生气，"可我不建议如此。"

"那好吧。你告诉匹伍瑞尔博士，我明天会出席对大块头的审判。我想，你一定知道这件事。"

"没错。"

"除了我，所有人都知道。对吗？"

"你的身体状况堪忧……"

"你告诉匹伍瑞尔博士，明天的审判我会出席，我到场前不要开始。"

"我会转告他。"加德曼说，"现在你最好睡一觉。大块头，我们走吧。"

大块头尖声说："再等一会儿。"他快速跑到大卫床边，"大卫，别担心。一切都在我的掌控之内。"

大卫扬起眉毛。

大块头自负得要命："该死，我想给你个惊喜。我能证明，厄忒尔的死亡与我无关。我会处理好整个案件。"他拍着自己的胸口，"我已经有了证据。我，大块头，知道谁是真凶。"

大卫问："谁？"

大块头立即喊叫："不！我不会说。我想让你知道，除了打拳，我的头脑也很聪明。这一次，我来处理，你旁观，就这样。审判时你就会知道答案了。"

这个小个子火星人高兴地笑了，迈着小舞步，跟在加德曼医生后面走出了房间，脸上露出得意扬扬的神情。

15 审判

第二天，快到下午两点时，大卫大步走进匹伍瑞尔博士的办公室。

其他人已经先到了。匹伍瑞尔博士坐在一张老旧的、挤满人的桌子后，朝他友好地点了点头。大卫郑重地回应：“先生，下午好。”

这很像那场晚宴。当然，库克也在场，看上去还是那样焦虑不安，不知为何，有些憔悴。他坐在匹伍瑞尔博士右边的一张大椅子上，大块头矮小的身躯在左边一张同样大的扶手椅子上扭动着。

明德斯也在场，他脸色阴沉，偶尔分开缠绕在一起的手指，在腿上敲击。加德曼医生就坐在他身旁，神情冷淡，大卫进来的时候，他抬起沉重的眼皮，不以为意地瞥了他一眼。那些天文学家中的各位部门负责人也在场。

事实上，只有一个人出席了那次宴会，今天却缺席了，那就是厄忒尔。

匹伍瑞尔博士立即温和地开始审判。“我们开始吧。首先，我有些话对斯塔尔先生讲。我明白，大块头把这个流程描述成了一场审判。请放心，完全不是这回事。如果要进行审判，那将在地球上举行，届时将有法官和法律顾问出席。今天我们在这里，只是为了完成要提交给科学理事会的报告。”

匹伍瑞尔博士在桌子上摆了一堆乱七八糟的物件，说:“一份详细的报告很有必要，我来给大家解释一下原因。首先，因为斯塔尔先生大胆地进入向阳面，已经制止了明德斯所负责项目的破坏者。结果，这个破坏者是天狼星人制造的一个机器人，现在已经彻底报废了。斯塔尔先生……”

“什么事？”大卫回答。

“这件事的关键在于，当你被救回来，还未完全清醒的时候，我擅自问了你一些问题。”

“我记得，”大卫说，“记得很清楚。”

“为了记录在案，现在你愿意确认一些你的回答吗？”

“可以。”

“首先，还有没有其他机器人参与破坏？”

“那个机器人没说，但我想没有其他机器人了。”

“然而，它也没有明说它是水星上唯一的机器人？”

“没有。”

“那就有可能还有其他的机器人。”

“我不这么认为。”

“但这只是你自己的看法。有没有其他的机器人，那个机器人可没说。”

“是没说。”

“很好。有多少天狼星人参与其中？”

“那个机器人奉命不说。”

“它来自天狼星入侵者的基地？”

“关于这一点，它没说。它根本没提到过天狼星人。”

“但这个机器人是天狼星人制造的，对吧？”

“我承认。”

“哦。”匹伍瑞尔博士说，“我想，显然，水星上有天狼星人，而且主动与我们为敌。科学理事会必定也意识到了。因此，我们必须组织人搜查水星，而且如果天狼星人成功避开我们并离开了水星，那至少得提高对天狼星的危险意识。”

库克不安地插话：“匹伍瑞尔博士，水星的生命形态也是个问题。此事也应该告知科学理事会。”他转身对着聚集的人群说：“昨天我们已经抓到了其中一只生物，而且……”

那位年长的天文学家有些恼怒地打断了他：“没错，库克博士，必须通知科学理事会。然而，天狼星人才是当前最重要的问题。其他事情都先让位于处理眼前的危险。比如，我建议明德斯博士先暂停光明计划，直到地球人在水星上很安全为止。”

“等等，”明德斯马上大喊，“项目已经投入了太多资金、时间和努力……”

“我说了，只是暂停计划，直到水星安全，不是永久放弃。因为必须把水星安全放在首位，才能避免斯文森议员——厄忒尔的保护者——在细枝末节的问题上发难。”

大卫说：“你的意思是，把大块头手脚捆绑起来，贴上标签，将他当作替罪羊向那位议员交代。等他惩罚大块头的时候，我们就能不受干扰地在水星上对天狼星人进行搜查。”

这名天文学家扬起白色的眉毛。“斯塔尔先生，一只替罪羊？我们只要事实真相。”

“好吧，那继续吧。”大块头不安地在椅子上挪动，“你们会找到真相的。”

“好。”匹伍瑞尔博士说，“作为核心人物，从你开始，行吗？你先讲一下你与厄忒尔之间的所有事情。用你自己的话讲，但我希望你简明扼要。记住，所有议程都会用微缩胶卷录音。”

大块头说：“要我发誓吗？”

匹伍瑞尔摇了摇头：“这不是正式审判。”

“随你便。”大块头出奇地冷静，讲述了事情经过：从厄忒尔嘲笑他的身高开始，然后是两人在矿井里遇见，最后是决斗。他只字不提厄忒尔威胁说要对大卫和科学理事会采取行动。

随后，加德曼医生证实了厄忒尔和大块头第一次见面时的情景和宴会桌上发生的事情。他的话也被记录下来。然后，他继续描述厄忒尔从矿井里回来后，他是怎么给厄忒尔治疗的。

他说：“他很快从轻度狂躁症中恢复过来。我没问他详情，他也没讲。然而，他问起大块头，听我说大块头已经完全恢复，从他的表情我能判断出，他一如既往地讨厌大块头。他并没表现出感激大块头救了他性命的神情。同样，我必须说，据我观察，厄忒尔毫无感激之情。”

“这只是你的观点。”匹伍瑞尔博士匆忙打断，“我建议，我们不要用这样的言论来混淆记录。”

接下来是库克博士讲起了决斗事件。他说：“大块头坚持决斗。事情就是这样。在我看来，如果按照大块头的建议，在低重力条件下，在有证人在场的情况下决斗，就不会造成伤害。如果事情恶化，我们就介入进行干涉。我怕如果我拒绝，他们也会在没有证人的情况下决斗，后果更糟。当然，肯定没有现在的结局更糟，但我没有料到会这样。匹伍瑞尔博士，我承认，我应该跟你商量。”

匹伍瑞尔博士点了点头：“你当然应该。也就是说，事实是大块头坚持决斗，坚持在低重力环境下决斗，对吗？”

“对。”

“并且，他向你说要在这种情况下杀了厄忒尔。”

“他的原话是‘与那家伙决斗’。我敢肯定，他并没有真的打算谋杀厄忒尔。”

匹伍瑞尔博士转向大块头：“关于这一点，你有意见吗？”

“是的，我有。既然库克博士出庭做证，我想当面问清楚。”

匹伍瑞尔博士有些吃惊。“这不是审判。”

“听着，”大块头语气激昂地说，“厄忒尔的死并非意外，是有人蓄意谋杀，我需要机会来证实这件事。”

他的声音变得尖锐刺耳：“我需要问汉利·库克博士。”

大卫冷冷地说：“匹伍瑞尔博士，我建议你允许大块头这么做。”

这位年老的天文学家十分困惑：“实际上，我不……大块头不能……”他结结巴巴，最后陷入沉默。

大块头说：“库克博士，第一个问题，厄忒尔怎么知道我和大卫去矿井的路线？”

库克的脸红了：“我不清楚他知道路线。”

“他不是直接跟踪我们。当我们确信矿井里只有我们，而且没被跟踪之后，他走了一条平行的路线，好像打算不紧不慢地跟着我们。要这样做，他就得事先知道我们选定的路线。大卫没告诉过厄忒尔，我也没有。那是谁呢？”

库克四处张望，好像在求助：“我不知道。”

“很明显，难道不是你吗？”

“不。可能他偷听到了。”

“库克博士，他不可能偷听到地图上的标记……我们先跳过这一点。我和厄忒尔决斗，如果重力加速度值保持着水星的正常水平，他还能活下来。可重力加速度值发生了变化。就在关键时刻，突然就变成了地球上的重力加速度值，厄忒尔被杀死。这是谁干的？”

“我不知道。”

“你是第一个到厄忒尔身旁的人。你在干什么？确认他死了没有？”

“我讨厌被质问。匹伍瑞尔博士……”库克满脸通红，转向他的长官。

匹伍瑞尔博士情绪激动：“你是指控库克博士谋杀了厄忒尔？”

大块头回答：“瞧，重力环境突然改变使我摔到地上。当我站起来的时候，其他人要么也正挣扎着站起来，要么依然摔倒在地。当七十五到一百五十磅的重量毫无预警地压在背上的时候，我们都难以迅速站起来，但库克站了起来。他不仅站起来了，而且已经弯腰蹲在了厄忒尔身旁。”

“这能证明什么？”库克问。

“这证明，当重力加速度值升高之时，你没有摔倒，否则你不可能及时赶到那里。为什么重力加速度值升高，你却没有摔倒？因为你早知道重力加速度值会升高，并提前做好了准备。为什么你会料到重力加速度值升高？因为是你把开关推上去的。”

库克对匹伍瑞尔说：“这是陷害！他疯了！”

匹伍瑞尔博士却惊恐万分地看着自己的副手。

大块头说：“让我来再现一下事情经过：库克肯定和厄忒尔合作了，这是厄忒尔能得知我们在矿井里的行进路线的唯一途径。但他是出于恐惧才和厄忒尔合作的。也许，他是被厄忒尔胁迫的。总之，库克摆脱困境的唯一办法就是杀了厄忒尔。当我告诉他，我要在低重力环境下与这个家伙决斗的时候，这就刺激他在脑海里想到了杀人的主意；当我们在打斗的时候，他就待在重力加速度操纵杆旁边等待时机。事情就是这样。”

“等等，”库克急得喊了起来，近乎窒息，“这全都是……全都是……”

“你无须附和我。”大块头说，“如果我的推断正确，而且我很肯定是正确的，那厄忒尔肯定握有威胁着库克的某种书信、录音或视频之类的东西。否则，他就不会身陷这起谋杀案中。所以，搜一搜厄忒尔的遗物，你们会找到我说的东西。”

“我同意大块头的提议。”大卫说。

匹伍瑞尔博士困惑地说：“我认为，这是解决此事的唯一办法，但如何……”

汉利·库克博士觉得周围的空气都凝固了，他脸色苍白，震惊不已，孤立无助。“等等，”他低声说，“我可以解释。”

所有人都转头看着他。

他汗流满面，举起手做祈祷姿势，双手颤抖得厉害。他说：“厄忒尔到达水星后不久就来找我。他说他在调查天文台。斯文森议员握有天文台无能与浪费的证据。匹伍瑞尔博士显然应该退休了，因为他年岁已高，难以承担责任。他说我可以理所当然地替代他。”

匹伍瑞尔博士目瞪口呆地大喊：“库克！”

“我同意他的说法，”库克愤愤地说，“你太老了。当你忙于天狼星事务的时候，不管怎么说，是我在管理天文台。”他又转向大卫：“厄忒尔说，如果我协助他进行调查，他必定会让我成为下一任主管。我信了他，所有人都知道斯文森议员很有权势。”

“我给他提供了很多信息，有些被写了下来，签了名。他说要用于之后的法律诉讼。

“然后……然后他开始用这些书信威胁我。结果，他对光明计划和科学理事会更感兴趣。他希望我利用职务之便，成为他的私人间谍。他明确表示，如果我拒绝，他就会将这些证据交给匹伍瑞尔博士，那样的话，我的职业生涯就完了，一切都完蛋了。

“我给他当了间谍，被迫向他提供大卫和大块头在矿井里的路线信息。我随时向他汇报明德斯的举动。我每向他多投降一点儿，就更无助地屈服于他。渐渐地我知道，不管我帮了他多少，总有一天他会揭发我。我开始觉得，只有杀了他，我才能摆脱。只要我知道怎么做……

“然后大块头来找我，跟我说了他要跟厄忒尔决斗的计划。他非常自信能打败厄忒尔。那时，我想我可以……成功的概率可能是百分之一，也许是千分之一，但我想，我还有什么可失去的呢？所以，我站在人工重力加速度控制开关旁，等待时机。机会来了，厄忒尔死了。一切都天衣无缝。我以为厄忒尔的死会被认定为意外事故。即使大块头惹上了麻烦，科学理事会也会帮他。除了厄忒尔外，没人会受伤，而他却早就该死一百次了。总之，事情就是这样。”

一阵令人害怕的沉默后，匹伍瑞尔博士声音沙哑地说：“在这种情况下，你当然会觉得自己摆脱了所有的嫌疑……”

“嘿，慢着，等等。”大块头大喊，“他的供认还没结束。

看这里，库克，这是你第二次试图杀死厄忒尔，对吗？”

“第二次？”库克抬起了悲痛的双眼。

“还记得那套被人蓄意损坏的航天服吗？厄忒尔警告我们要小心些，所以他肯定有过同样的遭遇。他的意思是明德斯弄的，但厄忒尔是个爱说谎的家伙，他说的话都不能信。我的意思是说，你试图这样杀害厄忒尔，但我们到达之后，他拿着这套衣服逼迫你将它放在我们房间。然后，为了让我们相信他是站在我们这边的，从而给明德斯制造麻烦，他警告我们小心些。是不是这样？”

“不！”库克大喊，“不是！那套因索航天服不是我弄坏的。不是我！”

“继续说，”大块头说，“我们会相信……”

但这时，大卫站了起来。“好了，大块头。航天服的事与库克无关。你可以相信他。弄坏航天服的人，就是操控机器人的那个人。”

大块头怀疑地凝视着他的高个子朋友：“大卫，你是说是天狼星人干的？”

“没有天狼星人。”大卫说，“水星上没有天狼星人，从未有过。”

16

审判结果

匹伍瑞尔博士低沉的声音因沮丧而变得嘶哑。“没有天狼星人？大卫，你知道自己在说什么吗？”

“我很清楚。”大卫走向匹伍瑞尔所在的桌子，面朝人群，在其中一角处坐下，“我敢肯定，匹伍瑞尔博士会证实我刚说的那些话。”

“我会证实？不用担心这一点，我向你保证。”年老的天文学家愤怒地说，脸上一副强烈反对的表情，“这根本不值得讨论……对了，我们得逮捕库克。”

大卫轻轻地靠在椅背上：“先生，没事。大块头会确保库克始终处于控制之下。”

“我不会惹麻烦的。”绝望的库克闷声闷气地说。然而，大块头还是将椅子挪到了库克的旁边。

大卫说：“匹伍瑞尔博士，回想一下宴会那晚，你自己说的那些关于天狼星人的言论……对了，匹伍瑞尔博士，你早就知道水星上有个机器人，对吧？”

这位天文学家很不自在：“你什么意思？”

“明德斯博士告诉过你，他看到过移动的金属人形物体，好像穿着太空服，似乎也比人类料想的更能忍耐太阳射线。”

“我确实告诉过他。”明德斯插话，“我早该想到，我看到的是机器人。”

“你没有匹伍瑞尔博士那样的关于机器人的经验。”大卫说。他又转向那位年老的天文学家：“我敢确定，明德斯向你汇报他所看见的东西的时候，你就怀疑水星上有天狼星人制造的机器人存在了。他的描述与你的猜想完全吻合。”

那位天文学家缓缓点了点头。

大卫继续说：“当明德斯将他的见闻告诉我的时候，我跟他一样，也没怀疑过是机器人。然而宴会后，当你，匹伍瑞尔博士，谈论起天狼星人和他们制造的机器人的时候，我突然就想到，一切都说得通了。你必定也想到了。”

匹伍瑞尔博士又缓缓点了点头。他说：“我意识到，对于天狼星人的入侵，我们什么都做不了。这就是我令明德斯气馁的原因。”

听完后，明德斯脸色变得苍白，恶狠狠地自言自语着。

大卫说：“你从没向科学理事会报告过这件事？”

匹伍瑞尔博士犹豫了：“我怕他们不相信我，并因此让人取代我。坦白说，我不知道该怎么做。显然，厄忒尔对我毫无帮助，他只对自己的计划感兴趣。大卫，当你们到达的时候，”他的声音越来越低沉、流畅，“我觉得我终于迎来了盟友。我觉得，我可以谈论天狼星人了，谈论他们的威胁和他们的机器人。”

“是的。”大卫说，“你还记得你是怎么形容天狼星人对机器人的喜爱吗？你用了‘爱’这个字。你说天狼星人呵护、爱惜机器人，把机器人看得比一切都重要。你说，他们认为一个机器人比得上一百个人类。”

“当然，”匹伍瑞尔博士说，“确实如此。”

“那如果他们如此爱自己的机器人，为什么会派一个对太阳射线不绝缘，也不适应射线的机器人来水星呢？”

匹伍瑞尔陷入沉默，下嘴唇颤抖着。

大卫说：“就连我自己，几乎都不愿意用爆能枪攻击威胁我生命的机器人，我还不是天狼星人。那天狼星人怎么会如此残忍地对待机器人？”

“这项任务很重要……”匹伍瑞尔博士说。

“不错，”大卫说，“我不是说天狼星人不会派机器人来水星搞破坏，但他们应该会先想到让机器人的大脑绝缘。撇开他们对机器人的珍爱不说，如果这么做，机器人会为他们服务得更多、更久。”

人群中响起一阵低声的赞同声。

匹伍瑞尔博士结结巴巴地说：“但如果不是天狼星人，那是谁……”

“好吧，”大卫说，“那我们来看看有哪些线索。线索一：明德斯发现了机器人两次，当他努力靠近时，两次机器人都消失了。那个机器人后来告诉我，它奉命避开人类。显然，它收到了明德斯外出搜寻破坏者的警告，也显然是天文台里的人通知它的。我去的时候，它没收到警告，因为我公开宣布我去了矿井。”

“线索二：当机器人临死躺在地上时，我又问了一次，是谁给它下达指令的。它只会说：‘呃……呃……’，然后无线电设备就停止工作了，但它的嘴依然在动，似乎发出了一个音节。”

大块头突然叫喊出来，他那淡红色的头发因激动而竖起来。“厄忒尔！机器人想说的是厄忒尔！这个卑鄙的家伙一直都是那个阴谋破坏者。完全吻合！吻合了……”

“有可能，”大卫说，“只是有可能。我觉得机器人想说的是‘地球人’[1]。”

“也有可能，”匹伍瑞尔语气冷淡，“只是濒死的机器人胡乱发出的声音，没有什么含义。”

“有可能，”大卫表示同意，“但现在我们要提到的第三条线索就会说到这点。线索三：这个机器人是天狼星人制造的，那天文台里的人类怎么可能得到天狼星人的机器人呢？我们当中有谁去过天狼星的行星呢？”

匹伍瑞尔博士眯着双眼：“我去过。”

“确实如此。”大卫说，“其他人都没有去过。那就是你的答案。”

这话引起了一片混乱，大卫要求大家安静。他的声音很威严，表情很严肃。“作为科学理事会的成员，”他说，“我宣布，即刻起，这个天文台受我控制，我将取代匹伍瑞尔博士，成为负责人。我已经和地球上的科学理事会总部取得了联系，一艘飞船正在赶来，将采取适当的行动。”

“我请求陈述！”匹伍瑞尔博士大喊。

“你可以陈述。”大卫说，“但得先听听对你的不利指证。在场所有人，只有你有机会偷走天狼星人的机器人。库克博士告诉过我们，你在天狼星的时候，曾获得一个机器人为你提供

---

① 厄忒尔（Urteil）与地球（earth）第一个音节读音相近。

个人服务，是吗？”

“是，但……”

“但你离开的时候，把它带上了自己的飞船。你用某种方法避开了天狼星人。偷窃机器人在天狼星人看来是非常严重的罪行，他们做梦都没想到居然会有人这么做。因此，他们对此没有采取预防措施。

“而且，我说当我问机器人受谁指挥，它回答的是‘地球人’，也在情理之中。对它而言，你就是天狼星上的一个地球人。当机器人被派来为你服务时，你可能会被它称为‘地球人’，它可能会认为你就叫‘地球人’。

“最后一条线索：谁最清楚哪个人可能会去向阳面探索？谁会更方便地用无线电通知机器人什么时候是安全的，什么时候应该躲起来呢？”

“这一切，我都否认。”匹伍瑞尔博士很生气。

“否认也没用。”大卫说，“如果你坚持说自己是无辜的，科学理事会会派人到天狼星进行调查。那个机器人告诉了我它的编号，RL-726。如果天狼星当局证实，他们指派来为你服务的机器人的编号就是RL-726，并且在你离开时，它就失踪了，那你将受到指控。”

“而且，你在天狼星上犯下了偷窃机器人的重罪，而我们又与天狼星人签订了引渡条约，那我们就只得将你交由他们拘留。匹伍瑞尔博士，鉴于你盗窃了他们珍爱的机器人而且将它折磨致死的罪行，我建议你，与其冒着被天狼星人惩罚的风险，坚称自己无辜，不如坦白一切，接受地球的法律制裁。”

匹伍瑞尔博士盯着人群，可怜又茫然。他慢慢地瘫倒在地板上。

加德曼医生急忙跑到他身旁，检查他是否还有心跳。“他还活着。”他说，“但我认为，最好把他挪到床上。”

两小时后，加德曼医生和大卫守在他床边，通过亚以太方式与科学理事会总部取得联系，匹伍瑞尔博士以口述形式坦白了一切。

随着水星迅速在背后消失，尽管大卫确信科学理事会的那些密使已经掌控了局势，卸下了他的重担，但大卫仍然很紧张。他表情犹豫，陷入沉思。

因为焦虑，大块头皱着一张脸：“怎么了，大卫？”

“匹伍瑞尔博士的事情，我很抱歉。”大卫说，“他说得对。虽然情况可能不像他认为的那么紧急，可天狼星人确实是个威胁。”

“科学理事会不会把他送到天狼星吧？”

“可能不会，但他对天狼星的恐惧足以让他坦白。这是个残酷但必要的把戏。无论他的动机是如何为地球考虑，他还是进行了谋杀。库克也是，被迫犯罪，但仍然是犯罪，尽管我们都讨厌厄忒尔。”

大块头说：“大卫，那个老家伙为什么反对这个项目？”

“匹伍瑞尔在宴会上说得很清楚。”大卫冷冷地说，“一切在那晚都很清楚。你还记得吗？他抱怨地球依靠进口的食物和资源，正在逐渐衰弱。他说，光明计划会让地球依靠空间站以获取阳光。他想要地球自给自足，以便更好地抵抗天狼星的威胁。”

“他头脑有些失常，以为自己破坏光明计划能帮地球实现自给自足。也许，他将那个机器人偷回来，最初只是为了展示天狼星人的强大。他在返回途中发现光明计划后，就用它来搞破坏了。

“厄忒尔来到水星后，一开始，他肯定害怕厄忒尔要调查光明计划的事情，要揭发他。所以，他在厄忒尔的房间里放了一套被割破的因索航天服，但厄忒尔发现了。”

大块头说：“确实是，回想起来，我们与这个老家伙第一次见面时，他甚至都没提过厄忒尔，可见他很讨厌厄忒尔。”

“确实是，”大卫说，“还有我们最开始和他谈论明德斯的时候提到了厄忒尔，他没有明显的理由表现出那种态度。我以为还有什么我根本不知道的原因。”

“大卫，这就是你最初怀疑他的原因吗？”

“不，是我们房间里的那套破洞的因索航天服。最有机会这么做的人就是匹伍瑞尔。而且，他也最容易事后处理掉那套航天服和杀掉他想杀的人。他最清楚我们被安排在哪个房间，他也可以分配航天服。然而，我困惑的是他的动机。为什么他想杀了我？

“对他而言，我的名气毫不重要。第一次见面时，他问我是否像明德斯一样，是个低级别的临时工程师。明德斯已经知道我是谁，试图让我帮助他。加德曼医生听说我与火星上的中毒事件有关。当然，这些事厄忒尔全都知道。我在想，匹伍瑞尔博士是不是可能没有听说过我的事。

“比如，在和海盗战斗时，我们曾在谷神星待过一段时间。银河系最大的天文台就在那里。当时匹伍瑞尔博士可能没在那儿。他承认他去过谷神星，库克后来告诉我这个老家伙经常去那儿。我没有任何提示，他就继续解释说海盗袭击期间他卧病在床，但库克之后反驳了这个说法，他就露馅儿了。匹伍瑞尔太过紧张，反而说得太多。”

这个小个子火星人目瞪口呆：“我没听懂。”

“很简单。如果匹伍瑞尔博士去过谷神星很多次，那他何必找借口，说海盗袭击的时候自己不在呢？为什么是那时候不在，而不是其他时候？显然，他知道我什么时候在谷神星，所以故意避开。也很显然，他知道我是谁。

“如果他知道我是谁，为什么要杀我，也要杀厄忒尔？你知道的，我们俩都遇到了破损的因索航天服。我们都是调查员。匹伍瑞尔在害怕什么？

“然后，他在宴会上谈起天狼星人和机器人，事情就明朗起来。明德斯讲的故事就说得通了，我立即明白，将机器人带到水星上的人，要么是天狼星人，要么是匹伍瑞尔博士。当匹伍瑞尔为了自保说天狼星人是破坏者时，我认定，那个人是匹伍瑞尔。如果机器人被找到了，而破坏就停止了，他就可以借此掩盖他自己的行为，而且可以以此为证据，来进行反对天狼星人的宣传。

“我需要证据。否则，议员斯文森会宣扬，是我们用烟幕弹来掩盖科学理事会的不称职和奢靡浪费。我需要有力的证据。可厄忒尔死在地上，我不敢和任何人谈起这件事，大块头，即使是和你。”

大块头抱怨：“大卫，你什么时候才能信任我？”

“等到你会避开体形大你一倍的那些人的诡计的时候，比如不会冲动地去决斗，我就会信任你了。”大卫笑了笑，缓和了语气，“总之，为了寻求证据，我出发去向阳面抓捕机器人，但我失败了，只得逼迫匹伍瑞尔自己坦白。”

大卫摇了摇头。

大块头说：“现在，斯文森会怎么对付我们？”

“我想，肯定打成平手。”大卫说，“因为我们有库克博士当证人，证明厄忒尔的一些卑鄙手段，他不能用厄忒尔的死做太多文章。同样，我们也不能对他怎样，因为水星天文台上的两位最高要员都会因重罪而被免除职务，所以是平手。”

“天哪！”大块头抱怨，“此后，这个家伙就会对我们紧追不放。”

但大卫摇了摇头。“不，斯文森议员不是真正值得忧虑的人。他无情又危险，正因如此，科学理事会才会保持警觉，不会软弱松懈。”

“而且，”他若有所思地补充，“就像议会和政府一样，科学理事会也需要诸如此类的批评者。如果科学理事会开始无视批评，那就是它在地球上建立独裁统治的时候，我肯定不愿如此。”

“好吧，也许是，”大块头不满意，“可我讨厌斯文森。”

大卫笑了，伸手揉了揉这个火星人的头发。“我也不喜欢他，可现在为什么要担忧他？外面都是星星，谁知道下周我们会出于什么原因，要去哪儿呢？”